瑞蘭國際

瑞蘭國際

深入韓國

韓國語發音

한국어 발음

國立政治大學韓國語文學系
陳慶智、羅際任 著

序

隨著韓流在臺灣的盛行，不僅促成臺、韓民間的實質交流，而為了更進一步理解韓國文化，在臺灣也掀起了一股韓語學習的熱潮。從坊間的補習班，到高中的第二外語課程，以及大學各單位開設的必、選修課程，每年都吸引了數以萬計的學生投入韓語學習的行列，韓語儼然已成為外語學習語種中最熱門的選項。

雖然對於難易度的認知因人而異，但文字與發音的學習對外語初學者來說，絕對可說是最重要的根基。觀察目前整合聽、說、讀、寫的韓語學習系列套書可發現，針對韓語發音之教學內容，大多僅止於位於卷首的簡單介紹，或零散出現於各單元中，較缺乏系統性的深入介紹。且即便是以發音為主題的教材，亦將焦點置於其現學現用、速成的目的，對於韓語的歷史發展、子母音的概念與種類，以及其音節構造與音韻規則，皆缺乏完整詳盡的敘述與說明。在韓語教育已逐漸深化、多元的現今，韓語學習者需要更具體完善的韓語發音教材，以達成更紮實的語言學習目標。

基於以上的考量，本次作者依據大韓民國文化體育觀光部所頒布的《標準語規定》編撰了《深入韓國：韓國語發音》一書。使用對象除了韓語初學者外，亦適用於韓語進階學習者與韓語教授者，教材之使用則可根據自身的語言程度與需

求，彈性採用部分或全部的教學內容。總體來說，本教材是一本具實用性的教科書，也是一本兼具學術性的參考書，可讓韓語學習者在學習韓語的道路上長期、隨時地使用，發揮最大價值，並充實、增強自身韓語實力。

期待讀者在研讀此書後，能夠深刻體會韓國文字與音韻之美，並且以此書為基底更有效率地與韓國人溝通，在活化臺、韓交流的同時，也能深入地理解、探索韓國文化的底蘊。

陳慶智　羅際任

2022 年 08 月

如何使用本書

　　《深入韓國：韓國語發音》全書共分為五章：第一章為〈韓語的背景介紹〉，針對韓國語言及文字之演變脈絡，以及韓國文字之創制背景進行說明；第二章為〈韓語的母音〉，在充分介紹母音之概念、種類後，就個別母音進行發音訓練；第三章為〈韓語的子音〉，在充分介紹子音之概念、種類後，再依序與單母音結合進行發音練習；第四章為〈韓語的音節構造〉，在探究韓語音節之組成後，再針對各收尾音發音之原理與訣竅進行提點；第五章為〈韓語的音韻規則〉，首先釐清音韻之定義，接著分項列出韓語的音韻規則，並舉實例說明。

　　其中，書中另針對難易度較高，同時與韓語學習相關之內容進行補充解釋。透過本書，不僅可以學習韓語發音，更可增添與韓語相關的知識，讓學習韓語發音之過程不再無趣，學習範圍亦能向外擴展，符合現今的語言學習目標與趨勢。

　　同時，為實現進一步之深化學習，在第二章至第五章後方皆放置「單元練習」，學習者可於研讀該章節後進行發音及摹寫練習，藉以加深學習印象。此外，為方便學習者檢視自身之學習成效，在本書後方附上「單元測驗」、「子母音結合表」，可作為課後評量與練習時使用。

全書以詳盡之文字敘述作為主軸，並輔以圖表說明，具有系統性之學習架構，不僅能讓學習者習得標準、正統的韓語發音，亦方便教師授課，是一本適合各級學校、補習班、推廣教育中心，及自學者使用之多用途教科書。相信學習者只要能活用本書，必定可以在韓語發音學習上打下穩固的基礎。

如何掃描 QR Code 下載音檔

1. 以手機內建的相機或是掃描 QR Code 的 App 掃描封面的 QR Code。
2. 點選「雲端硬碟」的連結之後，進入音檔清單畫面，接著點選畫面右上角的「三個點」。
3. 點選「新增至「已加星號」專區」一欄，星星即會變成黃色或黑色，代表加入成功。
4. 開啟電腦，打開您的「雲端硬碟」網頁，點選左側欄位的「已加星號」。
5. 選擇該音檔資料夾，點滑鼠右鍵，選擇「下載」，即可將音檔存入電腦。

目次

04 韓語的音節構造

05 韓語的音韻規則

01 韓語的背景介紹
Introduction to Korean

↑ 圖 1　朝鮮半島：北有朝鮮民主主義人民共和國，南有大韓民國。

❶ 方言 》》

　　根據教育部《重編國語辭典修訂本》之定義，方言指的是「同一語言在不同地域因諸種因素產生演變而生成的變體。它只流行於局限的地區，並具有與其他方言或共同語差異的特徵」。

❷ 高麗王朝 》》

　　由高麗王朝太祖王建建立之王朝，統一了新羅王朝（西元前 57 年－935 年）後期分裂之朝鮮半島。高麗王朝始於西元 918 年，滅於西元 1392 年朝鮮王朝太祖李成桂篡位。

1. 韓語的定義與歷史

　　「韓國語」（한국어）簡稱為「韓語」，是大韓民國（南韓之正式國號）對於其國語的稱呼；而朝鮮民主主義人民共和國（北韓之正式國號）則延續過去的名稱，稱之為「朝鮮語」。根據大韓民國「標準語規定」總則第一項，韓國標準語原則上指的是「具有教養的人們普遍使用的現代首爾語」。除標準語外，依照韓語使用的地區，可分為西部、東部、中部、西南、東南、濟州共 6 種方言❶。且根據統計，將韓語做為母語使用之人口達到近 7,730 萬人，韓語也因此成為世界第 14 大重要語種。

　　依據韓語之使用情況與時期，大致可將韓語分為：古代韓語、中世韓語、近代韓語、現代韓語。**古代韓語**為時代劃分中最早的時期，指的是**高麗王朝**❷以前的韓語。由於當時在朝鮮半島上並非僅存在一個國家，因此韓語實際上包含了各國的語言，直到高麗王朝統一朝鮮半島之後，朝鮮半島上的語言才逐漸趨於統一。另一方面，由於當時韓國文字尚未被發明，所以僅能借用漢字來標記韓語。

　　西元 10 世紀初至 16 世紀末為**中世韓語**之使用時期，大致介於高麗王朝之建立，至**壬辰倭亂**❸發生的年代。中世韓語的前期主要仍是借漢字來標記韓語，到後期因朝鮮王朝世宗大王創制了韓國文字，以韓國文字撰寫之文獻才開始出現。**近代韓語**指的是在西元 17 世紀初至 19 世紀末之間使用的韓語，也就是壬辰倭亂發生後，至開化期**甲午改革**❹的時期。由於壬辰

倭亂後韓語的文法與音韻體系發生了極大的變化，因此這個時期亦可以說是韓語的過渡時期。同時，近代韓語延續了中世韓語後期的變化，其逐漸演變的各項特徵成為了現代韓語的基礎。

現代韓語則為當今使用之韓語，甲午改革後傳入的各種西洋文法理論開始被應用於韓語的研究，韓語文法從此更具體制性，且伴隨著西洋文物、文化的傳入，許多新詞彙亦同時產生，豐富了韓語的表現方式。

2. 韓國文字的創制

在朝鮮王朝世宗大王創制韓國文字之前，朝鮮半島上的人民雖然擁有自己的語言，但在文字書寫上卻僅能倚賴漢字。在當時的朝鮮王朝，由於漢字書寫不易，百姓們普遍不識漢字與漢文，能識漢字的文人及兩班貴族自然壟斷著所有資訊。這樣的現象不僅不利於知識的傳播，也阻礙了朝鮮半島文化的交流與發展。世宗大王為了解決此問題，決定創制一種既符合韓語的文法、音韻體系，百姓又易於學習的文字。於是，在世宗大王的主導與**集賢殿**⑤學士們之協助下，於西元 1443 年創制了韓國文字「訓民正音」，意為「教導百姓正確之字音」。試行 3 年後，於西元 1446 年正式頒布《訓民正音》一書，並宣布將韓國文字納入科舉部分考試當中。

韓國文字雖於西元 1446 年即被頒布實施，但由於在朝鮮半島屬嶄新之文字系統，在普及與推廣上確實經過了一番波折與阻礙。首先，朝鮮文人與兩班貴族

③ 壬辰倭亂 ≫

又稱「萬曆朝鮮之役」，日本以朝鮮不協助其「借道進攻明朝」為藉口，進而派兵入侵，導致明朝、朝鮮、日本豐臣政權間的兩次戰爭。壬辰倭亂始於西元 1592 年，西元 1598 年因豐臣秀吉病逝，日本從朝鮮撤退。

④ 甲午改革 ≫

日本為達侵略朝鮮之目的，要求朝鮮進行的近代化改革。朝鮮自西元 1894 年 7 月 至 1896 年 2 月，歷經 3 次在政治、軍事、經濟、社會層面上的一系列改革。此事件亦成為中日甲午戰爭之導火線。

⑤ 集賢殿 ≫

延續自高麗王朝以來被設立於宮中之學問研究機關，在朝鮮王朝世宗大王在位（西元 1418 年－1450 年）時將其規模擴大。西元 1456 年朝鮮王朝世祖以學士們意圖謀反為由將其廢止。

是身為享有知識的既得利益者，為持續壟斷知識與仕途特權，自然不願改變當時使用漢字的慣習，並稱韓國文字為「諺文」。當時就算有人會書寫韓國文字，在正式文件中仍僅以漢字撰寫，維持著以漢字為主的生活方式。

韓國文字在初期並不受到兩班貴族的重視，僅在百姓、少數的兩班貴族，特別是在婦女之間廣泛地被使用，但隨著佛教文化的傳播與白話小說需求的提升，韓國文字透過書籍之出版，逐漸普及至朝鮮半島全境。由此可見，韓國文字的使用並非是由朝鮮兩班貴族所帶動，反而是由平民百姓帶起使用之風氣，再逐漸擴展至上層的兩班貴族階級。

⑥ 訓民正音的創制動機 》》

有關訓民正音創制的動機，在《訓民正音（解例本）》的序文中提及：「國之語音異乎中國，與文字不相流通，故愚民有所欲言，而終不得伸其情者多矣。予為此憫然，新制二十八字，欲使人人易習，便於日用耳。」

3. 《訓民正音》

世宗大王在創制韓國文字後刊行了《訓民正音⑥》一書，書中詳細記載了創制韓國文字的目的、緣由，以及韓國文字創制之方式與根據。《訓民正音》共由三大部分組成，分別為〈本文〉、〈解例〉與〈鄭麟

 韓國文字之名稱

韓國文字之名稱，從一開始由世宗大王親定之「訓民正音」（훈민정음），中間經過被兩班貴族輕視之「諺文」（언문，相較於漢字，不正式之文字，具負面意義），接著有開化期被視為具民族精神價值之「正音」（정음）、「國文」（국문），最後受到國語學者周時經之倡導，「한글」（Hanguel，最先於西元 1913 年在兒童雜誌《아이들 보이》中被提及）始逐漸成為一般大眾對韓國文字之稱呼。

趾序文〉。

　　首先，第一部分是由世宗大王親自撰寫的〈本文〉，包含之篇章如下：

・御製序文（어제서문）：闡明韓國文字之創制目的。

・例義（예의）：說明新文字之音價及其運用方法。

↑圖3　世宗大王像：位於首爾特別市內景福宮前之光化門廣場，世宗大王一直受韓國國民的尊崇。

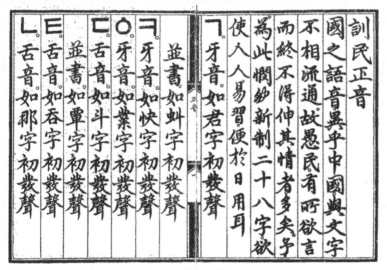

↑圖2　《訓民正音》〈御製序文〉、〈例義〉部分。

　　第二部分的〈解例〉由臣子撰寫，包含了五篇「解釋」及一篇「例子」，是針對韓國文字之創制所做出的解釋，包含之篇章如下：

・制字解（제자해）：解說有關韓國文字之創制原理、制字基準、子母音體制及音相等。

・初聲解（초성해）：解釋何為初聲。

・中聲解（중성해）：解釋何為中聲。

・終聲解（종성해）：解釋何為終聲。

・合字解（합자해）：說明由初、中、終聲字母組成

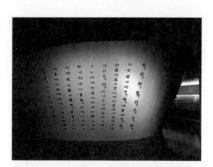

↑圖4　國立韓國文字博物館：位於首爾特別市龍山區，與國立中央博物館相鄰，內部常設與韓國文字相關之文物、展示。

之音節單位，同時說明存在於
中世韓語之聲調。

・用字例（용자례）：揭示字母之活用範例。

⬆ 圖6　《訓民正音》〈解例〉部分。

　　最後的部分便為〈鄭麟趾序文〉，是由當時的文
人鄭麟趾撰寫之後序，文中明確地說明韓國文字的創
制緣由、創制者、優秀性，以及此書的編纂者及編纂
日期。

　　綜合以上內容，可知世宗大王在創制韓國文字時，
不僅創造了一個可以標示韓語的完整文字系統，亦透
過《訓民正音》一書之頒布，教導百姓如何正確地使
用嶄新之文字系統。由於《訓民正音》在文字的創制
原理與使用說明上，具有極高度的邏輯理論與嚴謹性，
且韓國文字是世界上少數知道創制者、創制時間的文
字，因此被韓國指定為國寶第70號，並根據《訓民
正音》刊行頒佈的日期，訂定每年10月9日為韓國文
字節（한글날）以資紀念。此外，聯合國教科文組織

⬆ 圖5　太極旗：韓國國民會在
　　韓文節等國慶日時，於
　　住家前或街道上懸掛國
　　旗─太極旗。

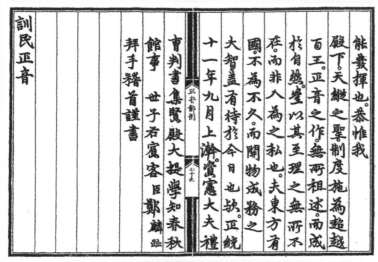

↑圖7　《訓民正音》〈鄭麟趾序文〉部分。

↑圖8　聯合國教科文組織：此組織的宗旨在於通過教育、科學與文化促進各國之間的合作，對和平與安全作出貢獻。

Memory of
the World

↑圖9　世界記憶計畫：以最適當的技術來促進世界文獻遺產的保存、協助文獻遺產之普及利用、提升全人類對文獻遺產之存在與重要性的認知為其目標。

（UNESCO）於西元 1989 年設立「世宗大王獎」（King Sejong Prize），獎勵對降低文盲有所貢獻者。之後於西元 1997 年 10 月，《訓民正音》更被聯合國教科文組織列為世界記憶遺產（Memory of the World）。這些殊榮，不但顯示出韓國文字之科學性與珍貴性，亦讓韓國文字根深成為韓國民族之精神象徵。

《訓民正音》之版本

　　《訓民正音》依據內容的不同，大致上可分為《解例本》（해례본）、《例義本》（예의본）與《諺解本》（언해본）共三種不同之版本。《解例本》以漢字撰寫，包含〈御製序文〉、〈例義〉、〈解例〉、〈鄭麟趾序文〉；《例義本》亦以漢字撰寫，但內容僅包含〈御製序文〉、〈例義〉；《諺解本》故名思義，是以漢字、諺文（韓國文字）撰寫而成，包含的內容同《例義本》，但另在漢字後面添加用以說明之韓國文字，因此可說是《例義本》之翻譯版本。

　　一般來說，現今最常被提及的版本為《解例本》，雖然曾一度消失，但於西元 1940 年再次被發現。同時，此版本之《訓民正音》亦為被列為世界記憶遺產，含括之內容最為完整。

↑ 圖 10　韓國文字輸入法 1：手機中之韓文 QWERTY 鍵盤，簡單明瞭之特性廣受非母語人士的愛戴。

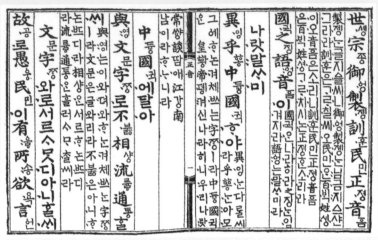

↑ 圖 12　《訓民正音（諺解本）》。

4. 韓國文字的創制原理

↑ 圖 11　韓國文字輸入法 2：手機輸入法中之天地人鍵盤，利用天、地、人三元素組成母音字母。

　　根據《訓民正音》記載之內容，韓國文字是以「象形」的方式來創制，其中子音字母是依照發音時該發聲器官的形狀，而母音字母則是運用「天、地、人」三才的原理，組合該形象而成的文字。

　　《訓民正音》中的子音字母有「ㄱ、ㅋ、ㆁ、ㄷ、ㅌ、ㄴ、ㅂ、ㅍ、ㅁ、ㅈ、ㅊ、ㅅ、ㆆ、ㅎ、ㅇ、ㄹ、ㅿ」17 字：其中「ㄱ」是「舌根堵住喉嚨」之形狀；「ㄴ」是「舌尖緊貼上顎」之形狀；「ㅁ」是「嘴唇」之形狀；「ㅅ」是「牙齒」之形狀；「ㅇ」是「喉嚨」之形狀。至於其他剩餘之子音字母，原則上是由前述子音字母添加筆劃而成。各子音字母發音時，該發聲器官之形狀如下：

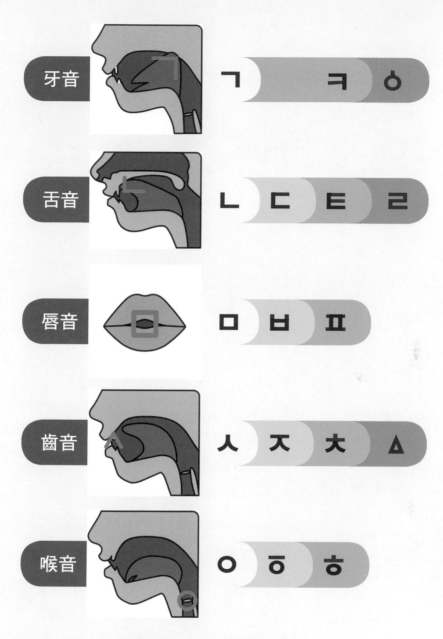

↑圖 13　子音之發聲器官對照。

　　《訓民正音》中的母音字母有「．、ㅡ、ㅣ、ㅗ、ㅏ、ㅜ、ㅓ、ㅛ、ㅑ、ㅠ、ㅕ」11 字，其中「．」是「天圓」之貌；「ㅡ」是「平地」之貌；而「ㅣ」是「人站立」之貌。至於其他剩餘之母音字母，則是由「．」

加在「一」的上下或「丨」的左右而成，或是再進一
步多加上 1 個「‧」而組成。各母音字母組合的原理
與方式如下：

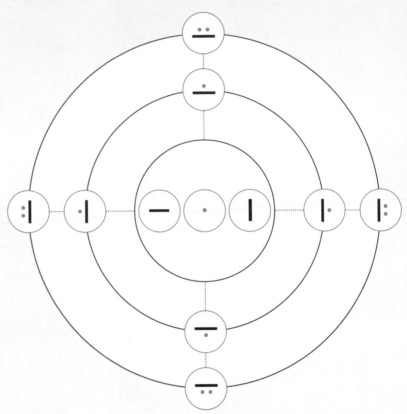

⬆ 圖 14　母音字母之組成。

　　綜上所述，韓國文字體系在初創時，包含 17 個子
音字母與 11 個母音字母，共計為 28 個字母。另一方
面，子音「ㄲ、ㄸ、ㅃ、ㅆ、ㅉ、ㆅ」、母音「ㅘ、ㆇ、
ㅝ、ㆊ、‧ㅣ、ㅢ、ㅚ、ㅐ、ㅟ、ㅔ、ㆉ、ㅒ、ㆌ、ㅖ、ㅙ、
ㅞ、ㆎ」字母雖然亦在《訓民正音》一書中被提及，
但由於這些字母本身僅是由 2 個子音字母並書而成，
或僅由多個母音字母組合而成，再加上並未出現於「例
義」及「制字解」篇章內，因此普遍不將以上之子、
母音字母納入世宗大王所創制之基本韓國文字字母。

5. 現今的韓國文字字母

　　世宗大王於西元 15 世紀中葉創制了韓國文字，至今已經過近 6 個世紀，橫跨了中世韓語、近代韓語、現代韓語三個時期。隨著時間的流逝與文化的演進，當今的韓語在文法、音韻等方面上，已與世宗大王創制韓國文字當時有所不同，同時文字體系亦有所調整。例如原本子音子母中的半齒音「ㅿ」（반시옷）、半喉音「ㆆ」（여린 히읗）、帶尾之「ㆁ」（옛이응）及母音字母中的「ㆍ」（아래아）自西元 17 世紀後已逐漸消失不被使用。

　　總結來說，剔除因語言演化而不被使用之字母後，現今韓國文字的字母系統內包含「ㄱ、ㄲ、ㄴ、ㄷ、ㄸ、ㄹ、ㅁ、ㅂ、ㅃ、ㅅ、ㅆ、ㅇ、ㅈ、ㅉ、ㅊ、ㅋ、ㅌ、ㅍ、ㅎ」19 個子音字母，以及「ㅏ、ㅐ、ㅑ、ㅒ、

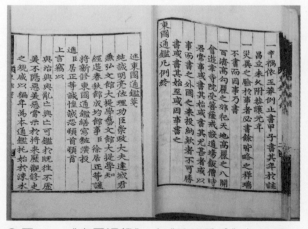

⬆ 圖 15　《東國通鑑》（《동국통감》）：西元 15 世紀時徐居正、鄭孝恆等學者奉朝鮮王朝成宗之命編撰而成，為朝鮮半島史上第一部通史，全書以漢字撰寫。

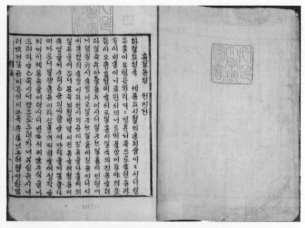

⬆ 圖 16　《洪吉童傳》（《홍길동전》）：由朝鮮王朝文人許筠（西元 1569 年－1618 年）撰寫，為朝鮮半島史上第一本全篇以韓國文字撰寫之小說。

ㅓ、ㅔ、ㅕ、ㅖ、ㅗ、ㅘ、ㅙ、ㅚ、ㅛ、ㅜ、ㅝ、ㅞ、ㅟ、ㅠ、ㅡ、ㅢ、ㅣ」21個母音字母，合計40個字母，用以標示、紀錄現今使用的韓語。而現今之韓語發音教育，亦以此40音為教學內容，以貼近現代韓語之實際使用情形。

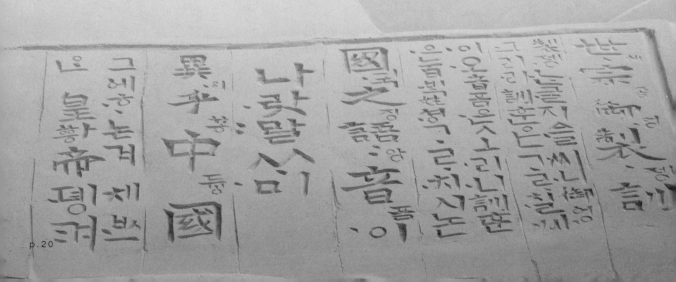

02 韓語的母音
Korean Vowels

↑圖17　多寶塔（다보탑）：
位於慶尚北道慶州市
進峴洞的佛國寺內，
現已被列為韓國國寶，
同時亦出現於韓元幣
值10元之硬幣背面。

1. 母音的概念

在發音時，口腔未受到明顯阻礙（例如：牙齒或舌頭之干擾、嘴唇之閉合等）所發出的聲音稱之為母音。反之，口腔受到阻礙而發出的聲音則稱之為子音。在韓語中，母音可獨立發音，但在書寫時須結合子音字母「ㅇ」書寫，此時的「ㅇ」不發音。例如：母音「ㅏ」在書寫時須書寫成「아」，但僅發母音「ㅏ」的音。

2. 母音的種類

韓語中的母音分為單母音（단모음）與二重母音（이중모음）。**單母音**是指在發音時嘴形不會產生變化的母音；而**二重母音**是指在發音時嘴形會發生變化的母音。例如：在發「ㅏ」此單母音時，嘴形從頭到尾都不會有變化，一直維持著嘴巴張大的狀態；但在發「ㅘ」這個二重母音時，則會從一開始發「ㅗ」音時的圓嘴形，逐漸變化成發「ㅏ」音時的張大嘴形。**韓語母音之分類**❼如下：

❼ 韓語母音之分類 ▷▷▷

依照嘴形變化之有無，韓語中之母音可分為單母音與二重母音。其中之「ㅚ」與「ㅟ」，在制訂〈標準發音法〉時將兩者視為單母音，但在附註中亦提到可將其發音成二重母音。從現今大多數的韓國標準語使用者來看，在發「ㅚ」、「ㅟ」兩母音時嘴形大多有變化，因此本書將「ㅚ」、「ㅟ」統一視為二重母音。

↓表1　韓語母音分類

嘴形變化	無	單母音	ㅏ、ㅓ、ㅗ、ㅜ、ㅡ、ㅣ、ㅐ/ㅔ
	有	二重母音	ㅑ、ㅕ、ㅘ、ㅛ、ㅝ、ㅟ、ㅠ、ㅢ、ㅒ/ㅖ、ㅙ/ㅚ/ㅞ

韓語母音除了能以嘴形變化之有無來區別單母音
與二重母音外，單母音亦可依照發音時舌頭的前後、
高低位置，以及嘴唇的形狀做進一步的分類，相關表
格整理如下：

🔻 表2　韓語單母音分類

舌頭高低位置　　　舌頭前後位置	前舌母音	中舌母音	後舌母音
高母音	ㅣ（平唇）	ㅡ（平唇）	ㅜ（圓唇）
中母音	ㅔ（平唇）	ㅓ（平唇）	ㅗ（圓唇）
低母音	ㅐ（平唇）	ㅏ（平唇）	

3. 單母音的發音

韓語的單母音本應有「ㅏ」、「ㅐ」、「ㅓ」、
「ㅔ」、「ㅗ」、「ㅜ」、「ㅡ」、「ㅣ」共8個，
但考量到目前使用標準語的一般韓國青壯年層，早已
無法區分出「ㅐ」與「ㅔ」兩母音在發音上之差異，
因此本書依據韓國實際之語言使用情況，將韓語單母

⬆ 圖18　世界遺產：由聯合國
　　　　教科文組織管理，分
　　　　為自然遺產、文化遺
　　　　產，及兼具兩者之複
　　　　合遺產。書中所示之
　　　　圖多屬於此。

「ㅐ」與「ㅔ」的發音現況

僅管韓語的母語使用人士在發音時，已不針對「ㅐ」與「ㅔ」兩單母音之發音
做出區別，也就是將兩者視為同一發音，但在書寫時仍應正確書寫。另外，韓國人
為了辨別「ㅐ」與「ㅔ」兩母音之書寫方式，會詢問對方是「ㅏ」＋「ㅣ」的「ㅐ」，
或是「ㅓ」＋「ㅣ」的「ㅔ」。由於書寫方式的不同會造成字義上之差異，因此需
要特別留意。

❽ 對應於韓文字母之標音方式

韓國文字本身就是表音文字，照理說不需仰賴英文字母、注音符號等額外方式對其進行標音。但考量學習者之立場，避免非必要之錯誤，本書提供以英文字母表示之音標，方便學習者記誦；惟學習者可在聆聽音檔示範之發音後，另以自己較熟悉、清楚之音標註記，藉以完整掌握該字母之正確發音。

音的發音分為「ㅏ」、「ㅓ」、「ㅗ」、「ㅜ」、「ㅡ」、「ㅣ」、「ㅐ/ㅔ」共8個字，7種發音。

同時，由於母音本身為「未受到明顯阻礙」所發出之聲音，因此較難以精準的方式，說明在發各母音時嘴形間之差異。雖然在前方之內容中已根據「舌頭前後位置」、「舌頭高低位置」、「嘴唇的形狀」做出分類，但為了更有效、更具體地解釋單母音之發音方式，在本節將以「嘴巴張開之大小」（下巴之高低）、「嘴唇突出之程度」作為區別，依序介紹「ㅏ」、「ㅓ」、「ㅗ」、「ㅜ」、「ㅡ」、「ㅣ」、「ㅐ/ㅔ」的發音方式，此7種單母音之**發音方法**[8]如下：

⬆ 圖 19　水原華城（수원화성）：位於京畿道水原市，結合了朝鮮王朝與中國的傳統建築技術，以及當時甫傳入朝鮮的西洋建築知識。

🎧 MP3-001

發音時嘴巴盡可能地張大，下巴往下。

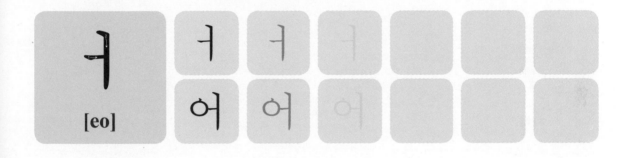

🎧 MP3-002

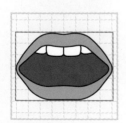

以發母音「ㅏ」時的嘴形為基準，下巴稍微往上提高，發音時切記嘴唇不能成為圓形或向外突出，以免與母音「ㅗ」的發音混淆。

🎧 MP3-003

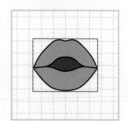

以發母音「ㅓ」時的嘴形為基準，發音時嘴唇應確實向外突出，同時縮小嘴形。

🎧 MP3-004

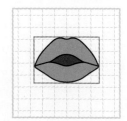

以發母音「ㅗ」時的嘴形為基準，發音時下巴往上，下嘴唇更往外突出些。

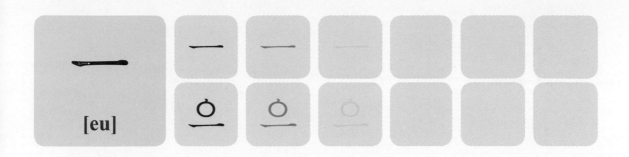

[eu]

🎧 MP3-005

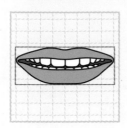

以發母音「ㅜ」時的嘴形為基準，嘴唇不向外突出，而是平行地向兩側拉開。

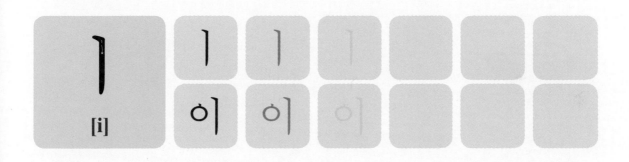

[i]

🎧 MP3-006

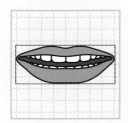

以發母音「ㅡ」時的嘴形為基準，發音時下巴稍微往下，嘴巴更開一些。

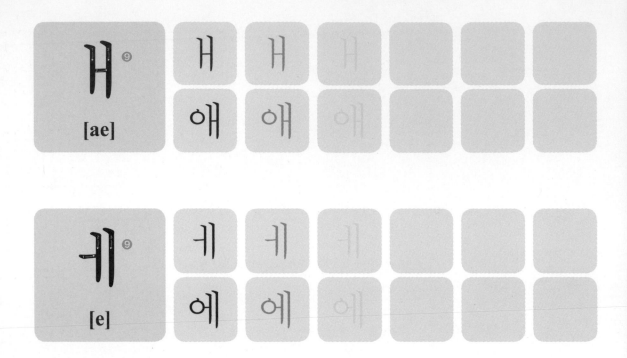

🎧 MP3-007

以發母音「ㅓ」時的嘴形為基準，下巴往下將嘴巴張大，但不像發母音「ㅏ」時張得那樣大。

❾「ㅐ」與「ㅔ」的差異

儘管韓語的母語使用人士在發音時，已不針對「ㅐ」與「ㅔ」兩單母音之發音做出區別，但考量兩者為不同之母音，因此仍對兩個母音給予不同之英文標音；且原先在使用此兩母音時，唸讀「ㅐ」之嘴形會較「ㅔ」要來得大。惟反映韓語母語使用人士之實際發音情形，學習者可不需針對此兩母音之發音進行區別。

以上針對韓語中單母音的發音，做了逐一且個別之介紹。為了方便辨識各單母音之間發音上的差異，可將「ㅏ」、「ㅓ」、「ㅗ」、「ㅜ」、「ㅡ」、「ㅣ」、「ㅐ/ㅔ」共7種單母音的發音方法以連續、不間斷的方式練習，藉以找出問題並加以改善。

🎧 MP3-008

아 어 오 우 으 이 애 에

4. 二重母音的發音

就字面上來看，二重母音的「二重」兩字具雙重、複合之意，因此亦可稱之為「複母音」。與單母音不同，二重母音是由兩個單母音成分所結合而成，因此發音時嘴形會產生變化，即開始的嘴形與結束時的嘴形不相同。且二重母音中包含的兩個單母音成分在發音時，後發的單母音會比先發的單母音要來得長一些。

韓語的二重母音本應有「ㅑ」、「ㅒ」、「ㅕ」、「ㅖ」、「ㅘ」、「ㅙ」、「ㅚ」、「ㅛ」、「ㅝ」、「ㅞ」、「ㅟ」、「ㅠ」、「ㅢ」共13個，但因目前韓國標準語的使用者幾乎已無法明確區別「ㅒ」與「ㅖ」這2個二重母音，且「ㅙ」、「ㅚ」、「ㅞ」此3個二重母音現今也多被發成相同的音，因此在實際使用上，二重母音之發音便僅剩下「ㅑ」、「ㅕ」、「ㅘ」、「ㅛ」、「ㅝ」、「ㅟ」、「ㅠ」、「ㅢ」、「ㅒ/ㅖ」、「ㅙ/ㅚ/ㅞ」共10種。本書依據韓國實際之語言使用情況，

以下先按照二重母音之組成方式分類，再依序針對此
13 個字，10 種發音之二重母音發音方法加以介紹：

◐ 表 3　韓語二重母音分類

以母音「ㅣ」開始	ㅑ、ㅕ、ㅛ、ㅠ、ㅒ/ㅖ
以母音「ㅗ/ㅜ」開始	ㅘ、ㅝ、ㅟ、ㅙ/ㅚ/ㅞ
以母音「ㅡ」開始	ㅢ

➜ 圖 20　陶山書院（도산서원）：位
　　　　於慶尚北道安東市，是為緬
　　　　懷著名儒學家李滉而於西元
　　　　1574 年建立，為韓國五大
　　　　書院之一。

➜ 圖 21　南漢山城（남한산성）：位
　　　　於京畿道廣州市，在險峻地
　　　　形上建設城郭與防禦設施，
　　　　展現了跨世紀的築城技術。

[ya]

🎧 MP3-009

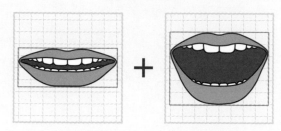

發音時，在單母音「ㅏ」前方加上短促的「ㅣ」音，並連續且快速地唸讀，即可發出此二重母音。即「ㅣ」＋「ㅏ」→「ㅑ」。

[yeo]

🎧 MP3-010

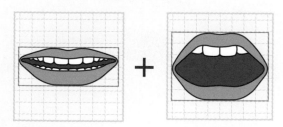

發音時，在單母音「ㅓ」前方加上短促的「ㅣ」音，並連續且快速地唸讀，即可發出此二重母音。即「ㅣ」＋「ㅓ」→「ㅕ」。

🎧 **MP3-011**

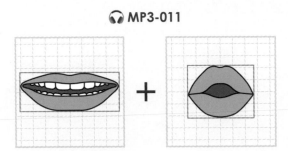

發音時，在單母音「ㅗ」前方加上短促的「ㅣ」音，並連續且快速地唸讀，即可發出此二重母音。即「ㅣ」＋「ㅗ」→「ㅛ」。

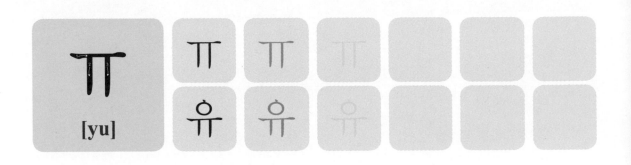

🎧 **MP3-012**

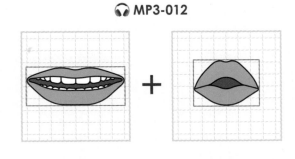

發音時，在單母音「ㅜ」前方加上短促的「ㅣ」音，並連續且快速地唸讀，即可發出此二重母音。即「ㅣ」＋「ㅜ」→「ㅠ」。

[yae]

[ye] ⑩

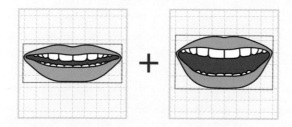

🎧 MP3-013

發音時，在單母音「ㅐ/ㅔ」前方加上短促的「ㅣ」音，並連續且快速地唸讀，即可發出此二重母音。即「ㅣ」+「ㅐ/ㅔ」→「ㅒ/ㅖ」。

⑩「ㅖ」之發音 》》

　　根據韓國《標準語規定》之規定，「예」與「례」以外的二重母音「ㅖ」，可發音成「ㅖ」或「ㅔ」音，但實際上為方便發音，韓語的母語使用人士常僅發音成「ㅔ」音，即將其中之單母音元素「ㅣ」音省略。例如：「시계」雖可唸作「시계」或「시게」，但現今常僅唸作「시게」；「지혜」亦雖可唸作「지혜」或「지헤」，但現今常僅唸作「지헤」。另一方面，「아예」及「실례」則僅能依照字面分別唸作「아예」、「실례」。

🎧 MP3-014

發音時，在單母音「ㅏ」前方加上短促的「ㅗ」音，並連續且快速地唸讀，即可發出此二重母音。即「ㅗ」+「ㅏ」→「ㅘ」。

🎧 MP3-015

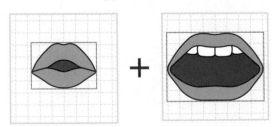

發音時，在單母音「ㅓ」前方加上短促的「ㅜ」音，並連續且快速地唸讀，即可發出此二重母音。即「ㅜ」+「ㅓ」→「ㅝ」。

ㅟ ⑪

[wi]

🎧 MP3-016

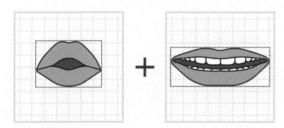

發音時,在單母音「ㅣ」前方加上短促的「ㅜ」音,並連續且快速地唸讀,即可發出此二重母音。即「ㅜ」+「ㅣ」→「ㅟ」。

⑪「ㅟ」之發音 》

在韓國《標準語規定》中,將「ㅟ」歸類成單母音,但在附註中亦提到可將其發音成二重母音。現今韓語的母語使用人士多將「ㅟ」發音作二重母音,在唸讀時嘴形會產生變化。「ㅟ」若以「單母音」之方式唸讀,發音接近注音符號中之「ㄩ」;若以「二重母音」之方式唸讀,則為連續且快速地唸讀「ㅜ」與「ㅣ」兩音。

⬆圖22　江華支石墓遺址(강화 고인돌 유적):位於仁川廣域市江華郡,為史前時代之石墓,在當時被用於重要儀式及標誌。

ㅙ⑬ [wae]	ㅙ	ㅙ	ㅙ			
	왜	왜	왜			

ㅚ⑫⑬ [oe]	ㅚ	ㅚ	ㅚ			
	외	외	외			

ㅖ⑬ [we]	ㅖ	ㅖ	ㅖ			
	웨	웨	웨			

🎧 MP3-017

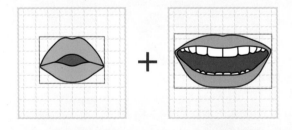

發音時，在單母音「ㅐ」或「ㅣ」、「ㅔ」前方加上短促的「ㅗ」或「ㅜ」音，並連續且快速地唸讀，即可發出此二重母音。即「ㅗ」+「ㅐ」→「ㅙ」、「ㅗ」+「ㅣ」→「ㅚ」與「ㅜ」+「ㅔ」→「ㅖ」。

⑫ 「ㅚ」之發音 ≫

　　在韓國《標準語規定》中，將「ㅚ」歸類成單母音，但在附註中亦提到可將其發音成二重母音。現今韓語的母語使用人士多將「ㅚ」發音作二重母音，在唸讀時嘴形會產生變化。「ㅚ」若以「單母音」之方式唸讀，則會發出介於「ㅗ」與「ㅣ」之間的音；若以「二重母音」之方式唸讀，則可發成較易唸讀之「oe」音。

⑬ 「ㅙ」、「ㅚ」與「ㅞ」的差異 ≫

　　儘管韓語的母語使用人士在發音時，已不對「ㅙ」、「ㅚ」與「ㅞ」三母音之發音做出區別，但考量三者為不同之母音，因此仍對三母音給予不同之英文標音。惟反映韓語母語使用人士之實際發音情形，學習者可不需針對此三母音之發音進行區別。

↑圖23　宗廟（종묘）：位於首爾特別市，為供奉朝鮮王朝歷代君王、王妃靈位的祠堂。

[ui]

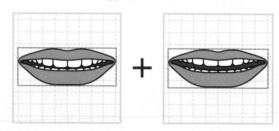

🎧 **MP3-018**

發音時，在單母音「ㅣ」前方加上短促的「ㅡ」音，並連續且快速地唸讀，即可發出此二重母音。即「ㅡ」＋「ㅣ」→「ㅢ」。

 「ㅢ」之發音

　　綜合韓國《標準語規定》的規範，二重母音「ㅢ」共有以下 4 種唸讀方式：

(1) 當「의」字出現在「第一個音節」時，唸作 [ㅢ]。例如：「의자」唸作 [의자]、「의사」唸作 [의사]。

(2) 當「의」字出現在「非第一個音節」時，可唸作 [ㅢ] 或 [ㅣ]，但在日常對話中較常發 [ㅣ] 音。例如：「주의」常唸作 [주이]、「회의」常唸作 [회이]。

(3) 當「의」字作為具「的」意義之助詞時，可唸作 [ㅢ] 或 [ㅔ]，但在日常對話中較常發 [ㅔ] 音。例如：「나의」常唸 [나에]、「우리의」常唸作 [우리에]。

(4) 當母音字母「ㅢ」出現在「以子音作為初聲之音節」時，須唸作 [ㅣ]。例如：「희망」唸作 [히망]、「무늬」唸作 [무니]。

單元練習

請一邊聆聽音檔，一邊練習摹寫。

1. 🎧 MP3-019

이	에	애

2. 🎧 MP3-020

으	어	아

3. 🎧 MP3-021

우	오	요

4. 🎧 MP3-022

야	여	유

5. 🎧 MP3-023

와	워	웨

6. 🎧 MP3-024

외	위	의

7. 🎧 MP3-025

아우	어이	우유

8. 🎧 MP3-026

여요	의아	유예

9. 🎧 MP3-027

아예	예의	의아

10. 🎧 MP3-028

외우	위요	왜요

03 韓語的子音
Korean Consonants

1. 子音的概念

↑ 圖 24　祭祀（제사）：韓國傳統社會以此方式感謝並緬懷祖先之庇蔭，但根據信奉宗教的不同，在儀式上會有所差異。

在發音時，口腔受到明顯阻礙（例如：牙齒或舌頭之干擾、嘴唇之閉合等）所發出的聲音稱之為子音；反之，口腔未受到阻礙而發出的聲音則稱之為母音。與母音不同，韓語中的子音因為無法獨立發音，所以必須與母音結合始能發出聲音。

2. 子音的種類

根據《標準語規定》，韓語的子音有「ㄱ」、「ㄴ」、「ㄷ」、「ㄹ」、「ㅁ」、「ㅂ」、「ㅅ」、「ㅇ」、「ㅈ」、「ㅊ」、「ㅋ」、「ㅌ」、「ㅍ」、「ㅎ」、「ㄲ」、「ㄸ」、「ㅃ」、「ㅆ」、「ㅉ」共 19 個。

 韓語子音字母之名稱與順序

西元 1527 年在朝鮮王朝著名學者崔世珍撰寫的《訓蒙字會》中，嘗試標示了韓語子音字母的名稱及順序，但直到西元 1933 年朝鮮語學會制定了《韓文拼寫法統一案》，才正式確立了韓語子音字母之名稱與順序，並且沿用至今。與英文字母 ABC、注音符號ㄅㄆㄇ相同，韓語子音字母亦會按照一定的順序排列，在需要標示順序的地方，如字典、標題等處，皆會以此排序方式作為準則。以下為韓語子音字母之名稱及排序：

子音字母	ㄱ	ㄴ	ㄷ	ㄹ	ㅁ	ㅂ	ㅅ	ㅇ	ㅈ	ㅊ	ㅋ	ㅌ	ㅍ	ㅎ
名稱	기역	니은	디귿	리을	미음	비읍	시옷	이응	지읒	치읓	키읔	티읕	피읖	히읗

　　同時，依照聲音產生的位置與方法，可對韓語子
音進行進一步之分類。依據聲音產生之位置，可將韓
語子音分為兩唇音、齒槽音、硬顎音、軟顎音、喉音。
兩唇音（ㅂ、ㅍ、ㅃ、ㅁ）是利用上下嘴唇的閉合；
齒槽音（ㄷ、ㅌ、ㄸ、ㅅ、ㅆ、ㄴ、ㄹ）是利用舌尖
接觸上門牙牙槽，或靠近上門牙牙槽以縮小氣流通道；
硬顎音（ㅈ、ㅊ、ㅉ）是利用舌面與硬顎的接觸；**軟
顎音**（ㄱ、ㅋ、ㄲ、ㅇ）是利用舌頭根部與軟顎的接觸；
喉音（ㅎ）則是利用聲帶的摩擦來產生音。下圖為韓
語子音發音器官於口腔中之相對位置：

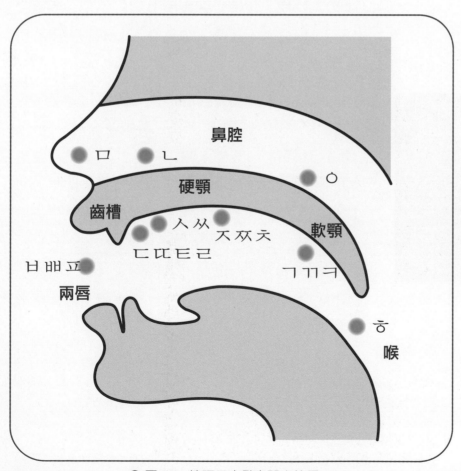

⤒ 圖 25　韓語子音發音器官位置。

↑圖26　假面舞（탈춤）：是一種表演者頭戴面具表演之傳統舞蹈戲劇，常以諷刺社會弊端為主題，是一獨具特色的綜合性藝術形式。

此外，韓語子音亦可按照聲音產生的方法，區分為破裂音、摩擦音、破擦音、鼻音、流音。**破裂音**（ㅂ、ㅍ、ㅃ、ㄷ、ㅌ、ㄸ、ㄱ、ㅋ、ㄲ）是自肺部送出的空氣暫時受到發音器官的阻塞，接著再次打開通道所發出之聲音；**摩擦音**（ㅅ、ㅆ、ㅎ）是發音器官縮小氣流通道後，空氣經過時摩擦所發出之聲音；**破擦音**（ㅈ、ㅊ、ㅉ）是空氣送出時首先受到發音器官的阻塞，在發音器官再次打開後，空氣因通過狹小的通道而發出之摩擦聲，同時具有破裂音與摩擦音之特徵；**鼻音**（ㅁ、ㄴ、ㅇ）是口腔的通道受到阻塞，空氣通過鼻腔通道往外送出時所發出之聲音；**流音**（ㄹ）則是舌尖輕觸上牙槽後彈開所發出之聲音（舌顫音），或舌尖緊貼著上牙槽，空氣從舌頭兩側流出時所發出之聲音（舌側音）。

最後，依據發音器官的用力程度與送氣的強弱，破裂音、摩擦音、破擦音又可再被區分為平音、激音、硬音。**平音**（ㄱ、ㄷ、ㅂ、ㅅ、ㅈ）由於口腔內空氣受到阻塞的程度較低，且發音器官用力的程度較小，因此送出的氣流較弱；**激音**（ㅋ、ㅌ、ㅍ、ㅊ）送出的氣流較平音要來得更加強烈；**硬音**（ㄲ、ㄸ、ㅃ、ㅆ、ㅉ）則是在發音時喉嚨的肌肉較平音發音時更為緊繃且用力。綜合以上的內容，可將韓語的子音統整分類如下表：

↑圖27　圓圈舞（강강술래）：韓國南部於元宵節或中秋節跳的民俗歌舞，由女性手牽手圍成圓圈，一邊唱歌，一邊轉圈跳舞。

🔽 表 4　韓語子音分類

聲音產生的位置 聲音產生的方法		兩唇音	齒槽音	硬顎音	軟顎音	喉音
破裂音	平音	ㅂ	ㄷ		ㄱ	
	激音	ㅍ	ㅌ		ㅋ	
	硬音	ㅃ	ㄸ		ㄲ	
摩擦音	平音		ㅅ			
	激音					ㅎ
	硬音		ㅆ			
破擦音	平音			ㅈ		
	激音			ㅊ		
	硬音			ㅉ		
鼻音		ㅁ	ㄴ		ㅇ	
流音			ㄹ			

　　學習者可在練習子音發音時，不時對照此統整分類表格。若能清楚各子音聲音產生之位置、方法，相信必定能對子音發音上的區別與記憶有所幫助。

⓮ 初聲、中聲與終聲 ▷▷▷

　　韓語的音節是由初聲、中聲及終聲3種成分組合而成。其中，中聲為音節的必要成分，其位置只能放置母音；初聲與終聲則為音節之非必要成分，其位置僅能放置子音。例如：在「아」此音節中，僅含中聲「ㅏ」；在「가」此音節中，則包含初聲「ㄱ」與中聲「ㅏ」；「감」此音節則是由初聲「ㄱ」、中聲「ㅏ」與終聲「ㅁ」所組成。

3. 子音的發音

　　韓語的19個子音，雖然可依照發音的位置與方法進行細部分類，惟考量一般韓國人日常生活中的語言使用習慣，本書將依照現行《韓文拼寫法》之子音排序，依序介紹各子音的發音。且與母音不同，由於子音無法獨立發音，因此必須與母音結合唸讀。而為將練習之焦點置於子音上，用以結合之母音將以無嘴形變化的單母音為主，以減少發音練習時的混淆與干擾。此外，有鑑於部分子音字母位於「初聲」與「終聲」⓮時發音有所不同，本章節將僅對位於「初聲」之發音方法加以說明，「終聲」之發音將於下一章節中完整敘述。此19個子音之發音方法如下：

⬆ 圖28　四物遊戲（사물놀이）：由手鑼、大鑼、長鼓、鼓4種打擊樂器合奏的韓國傳統農樂，過去在農村為祈求豐收、趨吉避凶的祭祀活動。

⬆ 圖29　板索里（판소리）：由一位演唱者配合鼓手節奏的表演形式，融合歌聲與話語的敘事方式能充分表現出韓國的民族情緒。

기역

[k / g]⑮

發音時，舌根會與軟顎接觸，送出的空氣會先暫時受到阻塞，接著再次通過。需注意發音時，發音器官的用力程度較低，送出的氣流亦較微弱。

子音「ㄱ」與單母音結合時，書寫方式與發音如下： 🎧 **MP3-029**

子音＼單母音	ㅏ	ㅓ	ㅗ	ㅜ	ㅡ	ㅣ	ㅐ	ㅔ
ㄱ	가	거	고	구	그	기	개⑯	게⑯

⑮ 子音「ㄱ」的發音 ⟫

　　發音時，在滿足特定條件之情況下，子音「ㄱ」的發音會由「k」的音轉變成「g」的音，此現象稱為「有聲音化」。例如：「가구」會唸作「ka-gu」。關於「有聲音化」之內容，於第五章「韓語的音韻規則」中將有詳細介紹。

⑯ 示範音檔與書寫方式之呈現 ⟫

　　在實際發音時，由於「ㅐ」與「ㅔ」現已多被發作相同的音，因此在示範音檔中僅朗誦一次；惟為實際呈現書寫方式，亦將兩母音與該子音結合後之書寫方式於同框中明列。

니은

ㄴ

[n]

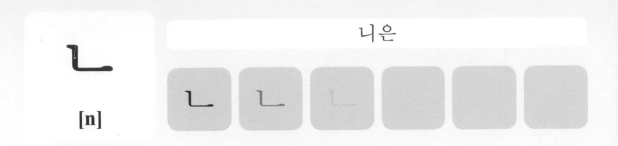

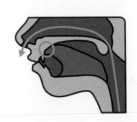

發音時，舌尖會與上排門牙牙槽接觸，由於口腔內的通道受到阻塞，空氣通過鼻腔通道往外送出。

子音「ㄴ」與單母音結合時，書寫方式與發音如下： 🎧 **MP3-030**

單母音　子音	ㅏ	ㅓ	ㅗ	ㅜ	ㅡ	ㅣ	ㅐ	ㅔ
ㄴ	나	너	노	누	느	니	내	네

디귿

ㄷ

[t / d][17]

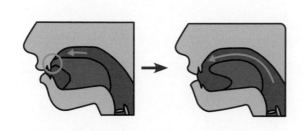

發音時，舌尖會與上排門牙牙槽接觸，送出的空氣會先暫時受到阻塞，接著再次通過。需注意發音時，發音器官的用力程度較低，送出的氣流亦較微弱。

子音「ㄷ」與單母音結合時，書寫方式與發音如下： 🎧 **MP3-031**

子音＼單母音	ㅏ	ㅓ	ㅗ	ㅜ	ㅡ	ㅣ	ㅐ	ㅔ
ㄷ	다	더	도	두	드	디	대	데

⑰子音「ㄷ」的發音 ▶▶▶

發音時，在滿足特定條件之情況下，子音「ㄷ」的發音會由「t」的音轉變成「d」的音，此現象稱為「有聲音化」。例如：「디디다」會唸作「ti-di-da」。關於「有聲音化」之內容，於第五章「韓語的音韻規則」中將有詳細介紹。

ㄹ

리을

[r]

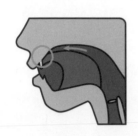

發音時，舌尖輕觸上排門牙牙槽後彈開，使舌頭產生顫動。需注意發音時，舌頭不需捲曲，將舌頭伸直向上與牙槽接觸即可。

子音「ㄹ」與單母音結合時，書寫方式與發音如下： 🎧 MP3-032

子音 ＼ 單母音	ㅏ	ㅓ	ㅗ	ㅜ	ㅡ	ㅣ	ㅐ	ㅔ
ㄹ	라	러	로	루	르	리	래	레

➔ 圖 30 燃燈會（연등회）：韓國於每年陰曆 4 月 8 日佛誕節舉行的點燈祈福儀式，自新羅時代起，即為王室與庶民同樂的重要宗教活動。

미음

ㅁ

[m]

發音時，利用上下唇的閉合使口腔內的通道受到阻塞，空氣通過鼻腔通道往外送出。

子音「ㅁ」與單母音結合時，書寫方式與發音如下： 🎧 **MP3-033**

子音 ＼ 單母音	ㅏ	ㅓ	ㅗ	ㅜ	ㅡ	ㅣ	ㅐ	ㅔ
ㅁ	마	머	모	무	므	미	매	메

비읍

ㅂ

[p / b]⑱

發音時，利用上下唇的閉合暫時阻塞氣流，接著再次送出空氣通過。需注意發音時，發音器官的用力程度較低，送出的氣流亦較微弱。

子音「ㅂ」與單母音結合時，書寫方式與發音如下： 🎧 **MP3-034**

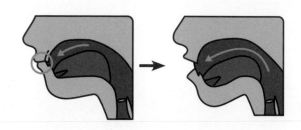

子音 ＼ 單母音	ㅏ	ㅓ	ㅗ	ㅜ	ㅡ	ㅣ	ㅐ	ㅔ
ㅂ	바	버	보	부	브	비	배	베

⑱子音「ㅂ」的發音 》》

　　發音時，在滿足特定條件之情況下，子音「ㅂ」的發音會由「p」的音轉變成「b」的音，此現象稱為「有聲音化」。例如：「부부」會唸作「pu-bu」。關於「有聲音化」之內容，於第五章「韓語的音韻規則」中將有詳細介紹。

시옷

ㅅ

[s]

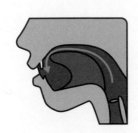 發音時，舌尖靠近上排門牙牙槽，由於氣流通道縮小，空氣從中送出時發出摩擦聲音。需注意發音時，發音器官的用力程度較低，送出的氣流亦較微弱。

子音「ㅅ」與單母音結合時，書寫方式與發音如下： 🎧 **MP3-035**

子音 ＼ 單母音	ㅏ	ㅓ	ㅗ	ㅜ	ㅡ	ㅣ	ㅐ	ㅔ
ㅅ	사	서	소	수	스	시	새	세

이응

ㅇ

[-]

本子音作為初聲與母音結合時不發音（無音值），發音時口腔未受到嘴唇、牙齒、舌頭等之明顯阻礙。

子音「ㅇ」與單母音結合時，書寫方式與發音如下：　🎧 MP3-036

子音 ＼ 單母音	ㅏ	ㅓ	ㅗ	ㅜ	ㅡ	ㅣ	ㅐ	ㅔ
ㅇ	아	어	오	우	으	이	애	에

➔圖31　醃製越冬泡菜（김장）：為了在寒冷漫長的冬天也能夠有充足的蔬菜食用，韓國的家族或鄰里會共同參與醃製泡菜並一同分享。

ㅈ[19]

지읒

[ch / j][20]

⑲「ㅈ」的書寫方式 ⟫

　　一般來說，在日常書寫中，常將此子音字母寫作「ㅈ」，但在書法中或以印刷體、特殊字體呈現時，亦可寫作「ㅈ」。

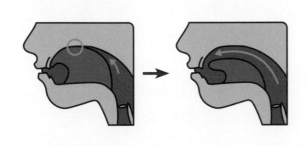

發音時，舌面與硬顎接觸，送出的空氣會先受到舌頭的阻塞，之後舌頭微微下降，氣流通過狹小的通道發出摩擦聲音。需注意發音時，發音器官的用力程度較低，送出的氣流亦較微弱。

　　子音「ㅈ」與單母音結合時，書寫方式與發音如下：🎧 **MP3-037**

子音＼單母音	ㅏ	ㅓ	ㅗ	ㅜ	ㅡ	ㅣ	ㅐ	ㅔ
ㅈ	자	저	조	주	즈	지	재	제

⑳子音「ㅈ」的發音 ⟫

　　發音時，在滿足特定條件之情況下，子音「ㅈ」的發音會由「ch」的音轉變成「j」的音，此現象稱為「有聲音化」。例如：「자주」唸作「cha-ju」。關於「有聲音化」之內容，於第五章「韓語的音韻規則」中將有詳細介紹。

ㅊ ⑳

[chʰ] ⑳

치읓

| ㅊ | ㅊ | ㅊ | | | |

⑳「ㅊ」的書寫方式 》

　　一般來說，在日常書寫中，常將此子音字母寫作「ㅊ」，但在書法中或以印刷體、特殊字體呈現時，亦可寫作「ㅊ」。

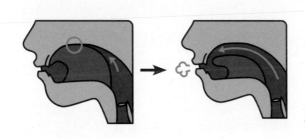

發音時，舌面與硬顎接觸，送出的空氣會先受到舌頭的阻塞，之後舌頭微微下降，氣流通過狹小的通道發出摩擦聲音。需注意發音時，送出之氣流極為強烈。

子音「ㅊ」與單母音結合時，書寫方式如下：　🎧 MP3-038

單母音 子音	ㅏ	ㅓ	ㅗ	ㅜ	ㅡ	ㅣ	ㅐ	ㅔ
ㅊ	차	처	초	추	츠	치	채	체

⑳激音之標音方式 》

　　激音子音「ㅊ」、「ㅋ」、「ㅌ」、「ㅍ」在以英文字母標音時，為了與平音子音「ㄱ」、「ㄷ」、「ㅂ」、「ㅈ」做出區別，因而在英文標音之右上方添加代表強烈氣流之「ʰ」，藉以讓學習者清楚兩者間之不同。

키읔

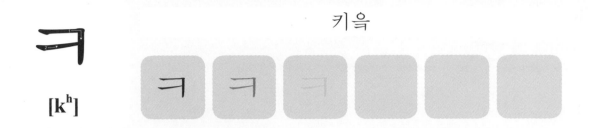

ㅋ

[kʰ]

| ㅋ | ㅋ | ㅋ | | | |

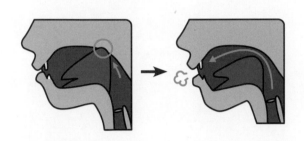

發音時，舌根與軟顎接觸，送出的空氣會先暫時受到阻塞，接著再次通過。需注意發音時，送出之氣流極為強烈。

子音「ㅋ」與單母音結合時，書寫方式與發音如下： 🎧 **MP3-039**

單母音 子音	ㅏ	ㅓ	ㅗ	ㅜ	ㅡ	ㅣ	ㅐ	ㅔ
ㅋ	카	커	코	쿠	크	키	캐	케

ㅌ

[tʰ]

티읕

| ㅌ | ㅌ | ㅌ | | | |

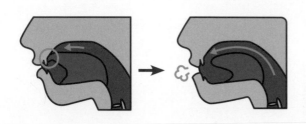

發音時，舌尖與上排門牙牙槽接觸，送出的空氣會先暫時受到阻塞，接著再次通過。需注意發音時，送出之氣流極為強烈。

子音「ㅌ」與單母音結合時，書寫方式與發音如下：　🎧 **MP3-040**

子音 ＼ 單母音	ㅏ	ㅓ	ㅗ	ㅜ	ㅡ	ㅣ	ㅐ	ㅔ
ㅌ	타	터	토	투	트	티	태	테

→ 圖 32　走繩（줄타기）：雜技藝人於繩上行走跳躍的韓國傳統表演藝術，困難的技術與驚險刺激的場面常令觀眾目不轉睛。

피읖

ㅍ

[pʰ]

| ㅍ | ㅍ | ㅍ | | | |

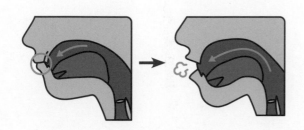

發音時,利用上下唇的閉合暫時阻塞氣流,接著再次送出空氣通過。需注意發音時,送出之氣流極為強烈。

子音「ㅍ」與單母音結合時,書寫方式與發音如下: 🎧 MP3-041

子音＼單母音	ㅏ	ㅓ	ㅗ	ㅜ	ㅡ	ㅣ	ㅐ	ㅔ
ㅍ	파	퍼	포	푸	프	피	패	페

히읗

ㅎ

[h]

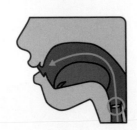

發音時，喉嚨用力，聲帶間之縫隙縮小，氣流通過縮小後的通道時發出摩擦聲音。

子音「ㅎ」與單母音結合時，書寫方式與發音如下： 🎧 MP3-042

子音 ＼ 單母音	ㅏ	ㅓ	ㅗ	ㅜ	ㅡ	ㅣ	ㅐ	ㅔ
ㅎ	하	허	호	후	흐	히	해	헤

ㄲ

[gg] [23]

쌍기역

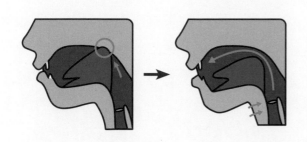

發音時，舌根會用力地與軟顎接觸，送出的空氣會先暫時受到阻塞，接著再次通過。需注意發音時，喉嚨肌肉會較為緊繃且用力。

子音「ㄲ」與單母音結合時，書寫方式與發音如下： 🎧 MP3-043

子音 \ 單母音	ㅏ	ㅓ	ㅗ	ㅜ	ㅡ	ㅣ	ㅐ	ㅔ
ㄲ	까	꺼	꼬	꾸	끄	끼	깨	께

[23] 硬音之標音方式 》》

　　目前韓國學者標示硬音子音的方式有相當多種。以「ㄲ」為例，除了本文中的標示方法外，還有以英文字母「k'」或「kk」等方式來標音。本文中的「ㄲ」、「ㄸ」、「ㅃ」、「ㅆ」、「ㅉ」在以英文字母標音時，為了與平音子音「ㄱ」、「ㄷ」、「ㅂ」、「ㅅ」、「ㅈ」做出區別，因而以相同之英文字母重複標示，代表濃厚強烈之意，藉以讓學習者清楚兩者間之不同。

ㄸ

[dd]

쌍디귿

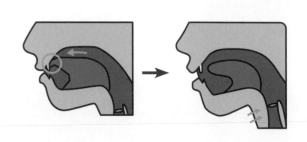

發音時，舌尖會用力地與上排門牙牙槽接觸，送出的空氣會先暫時受到阻塞，接著再次通過。需注意發音時，喉嚨肌肉會較為緊繃且用力。

子音「ㄸ」與單母音結合時，書寫方式與發音如下：🎧 **MP3-044**

單母音 子音	ㅏ	ㅓ	ㅗ	ㅜ	ㅡ	ㅣ	ㅐ	ㅔ
ㄸ	따	떠	또	뚜	뜨	띠	때	떼

➔圖 33　海女（해녀）：於韓國濟州島採集海中海參、鮑魚、海帶等水產為生的女性，而海女的職業多為世代相承。

ㅃ

[bb]

쌍비읍

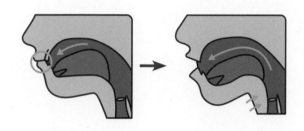

發音時，先利用上下唇的用力閉合暫時阻塞氣流，接著再次送出空氣通過。需注意發音時，喉嚨肌肉會較為緊繃且用力。

子音「ㅃ」與單母音結合時，書寫方式與發音如下： 🎧 **MP3-045**

單母音 子音	ㅏ	ㅓ	ㅗ	ㅜ	ㅡ	ㅣ	ㅐ	ㅔ
ㅃ	빠	뻐	뽀	뿌	쁘	삐	빼	뻬

ㅆ

[ss]

쌍시옷

| ㅆ | ㅆ | ㅆ | | | |

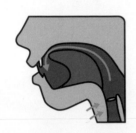

發音時，舌尖靠近上排門牙牙槽，由於氣流通道縮小，空氣從中送出時發出摩擦聲音。需注意發音時，喉嚨肌肉會較為緊繃且用力。

子音「ㅆ」與單母音結合時，書寫方式與發音如下： 🎧 **MP3-046**

子音 ＼ 單母音	ㅏ	ㅓ	ㅗ	ㅜ	ㅡ	ㅣ	ㅐ	ㅔ
ㅆ	싸	써	쏘	쑤	쓰	씨	쌔	쎄

쌍지읒

ㅉㅈ ㉔

[jj]

　　一般來説，在日常書寫中，常將此子音字母寫作「ㅈ」，但在書法中或以印刷體、特殊字體呈現時亦可寫作「ㅉ」。

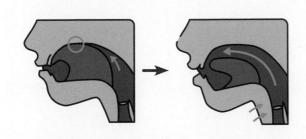

發音時，舌面與硬顎接觸，送出的空氣會先受到舌頭的阻塞，之後舌頭微微下降，氣流通過狹小的通道發出摩擦聲音。需注意發音時，喉嚨肌肉會較為緊繃且用力。

　　子音「ㅉ」與單母音結合時，書寫方式與發音如下：🎧 MP3-047

單母音 子音	ㅏ	ㅓ	ㅗ	ㅜ	ㅡ	ㅣ	ㅐ	ㅔ
ㅉ	짜	쩌	쫘	쭈	쯔	찌	째	쩨

以上針對韓語中子音之發音做了個別的介紹。其中，由於破裂音、摩擦音、破擦音又可再依據發音器官的用力程度與送氣的強弱，區分為「平音、激音、硬音」，且彼此之間較容易混淆，為了方便辨識「平音－激音－硬音」在發音上的差異，可將此系列之子音與單母音結合後反覆練習，即可掌握這些子音在發音上的明顯區別。

平音＋單母音	激音＋單母音	硬音＋單母音	
가	카	까	🎧 MP3-048
다	타	따	🎧 MP3-049
바	파	빠	🎧 MP3-050
사		싸	🎧 MP3-051
자	차	짜	🎧 MP3-052

「平音－激音」間發音方式之差異

　　平音、激音主要在「送氣之強度」上有所差異，「聲音之大小」並非區別之標準。發**平音**時，氣流和緩，輕鬆自然地發音即可；發**激音**時，氣流則十分強烈，發音時會將大量的空氣急速地送出。學習者可在無風處，用雙手拿一張衛生紙靠近距嘴唇約 10 公分處嘗試發音，發激音時之氣流會使衛生紙明顯飄動，而發平音時則不會。

「平音－硬音」間發音方式之差異

　　平音、硬音主要在「喉嚨緊繃與用力之程度」上有所差異，「聲音之大小」並非區別之標準。發**平音**時，喉嚨放鬆，輕鬆自然地發音即可；發**硬音**時，喉嚨則要十分緊繃且用力，使發出的聲音濃厚有力。學習者可用雙手觸摸頸部上方靠近下巴處之兩側，並嘗試發音，發硬音時之肌肉緊繃程度可由手指明顯地感受到，而發平音時則不會。

單元練習

請一邊聆聽音檔，一邊練習摹寫。

1. 🎧 MP3-053

가	카	까

2. 🎧 MP3-054

더	터	떠

3. 🎧 MP3-055

보	포	뽀

4. 🎧 MP3-056

주	추	쭈

5. 🎧 MP3-057

나	라	마

6. 🎧 MP3-058

고기	드디어	부부

7. 🎧 MP3-059

야채	가게	세계

8. 🎧 MP3-060

과자	돼지	회사

9. 🎧 MP3-061

궤도	취미	의자

10. 🎧 MP3-062

아끼다	예쁘다	비싸다

04 韓語的音節構造
Korean Syllable Structure

1. 音節的組成

　　根據教育部《重編國語辭典修訂本》的定義，「音
節」指的是「語音學上，由一個或數個音素組成的語
音結構基本單位」。簡單來說，音節是讀音時最基本
的單位，所有的單字都可以拆成各別音節加以唸讀，
而韓語亦是如此。韓語的音節是由初聲（초성）、中
聲（중성）及終聲（종성）3 種成分組合而成，其中
的**中聲**為音節的必要成分，中聲的位置只能放入母音
（包含單母音、二重母音）；**初聲**與**終聲**則為音節的
非必要成分，可有可無，且初聲與終聲的位置僅能放
入子音。韓語的音節依據其成分組成的方式，在發音
上可以分為以下 4 種類別：

↓ 表 5　韓語音節組成分類

類別	音節之組成	子母音類型	示例
1	中聲	單母音	어
		二重母音	여
2	初聲＋中聲	子音＋單母音	거
		子音＋二重母音	겨
3	中聲＋終聲	單母音＋子音	언
		二重母音＋子音	연
4	初聲＋中聲＋終聲	子音＋單母音＋子音	건
		子音＋二重母音＋子音	견

　　觀察上述分類可發現，組成韓語音節的 4 種類別
中，皆包含位於中聲的母音；子音則是根據初聲、終

聲的有無配合出現、或不出現在其位置上。其中，單由中聲組成的音節在發音時雖然僅發母音，但在書寫時仍須在初聲的位置上添加子音字母「ㅇ」，但作為初聲之「ㅇ」不發音。

2. 韓語的收尾音字

韓語（한국말）與韓文（한글）為截然不同之 2 種概念，前者指的是「語言」，後者指的則是「文字」。韓語的音節是由初聲、中聲、終聲所組成，這 3 種成分指的都是聲音，而其中標示終聲的文字稱為「收尾音字」。例如：書寫「간、감、강」等字時，位於下方的「ㄴ、ㅁ、ㅇ」子音字母正是收尾音字（받침）。同時，依照外觀結構上之不同，還可進一步將收尾音字分為單收尾音字（홑받침）、雙收尾音字（쌍받침）與疊收尾音字（겹받침）。

單收尾音字由 1 個子音字母所形成，包含「ㄱ」、「ㄴ」、「ㄷ」、「ㄹ」、「ㅁ」、「ㅂ」、「ㅅ」、「ㅇ」、「ㅈ」、「ㅊ」、「ㅋ」、「ㅌ」、「ㅍ」、「ㅎ」共 14 個；**雙收尾音字**由 2 個相同的子音字母所組成，包含「ㄲ」、「ㅆ」共 2 個；**疊收尾音字**則由 2 個不同的子音字母所組成，包含「ㄳ」、「ㄵ」、「ㄶ」、「ㄺ」、「ㄻ」、「ㄼ」、「ㄽ」、「ㄾ」、「ㄿ」、「ㅀ」、「ㅄ」共 11 個。在韓語中，用以標示終聲之收尾音字總計雖達 27 個之多，但收尾音字實際於發音時，卻僅有「ㄱ」、「ㄴ」、「ㄷ」、「ㄹ」、「ㅁ」、「ㅂ」、「ㅇ」7 種代表音，即使是雙收尾音字或是

↑圖 35　漢拏山（한라산）：位於濟州島中部的休火山，高度為海拔 1,947 公尺，為大韓民國的第一高峰。

↑圖 36　城山日出峰（성산일출봉）：位於濟州島東方的火山丘，峰頂的日出景緻自古即被列為瀛州（濟州）十大美景之最。

㉕收尾音字「ㅎ」之發音

在韓語中，子音字母「ㅎ」之名稱為「히읗」，唸作「히은」，其收尾音字之代表音為「ㄷ」。但除了「히읗」之外，韓語中並未存在其他以「ㅎ」作為收尾音字之名詞。而其他的動詞或形容詞，由於需要與語尾結合，所以並不存在需單獨唸收尾音字「ㅎ」的情形。至於收尾音字「ㅎ」與語尾結合時的發音方式，依據韓國〈標準發音法〉第 12 項的規範共有 4 種，為避免過度延伸，本章節不多做贅述，學習者可自行深入了解。

疊收尾音字亦只有 1 個代表音。根據其對應之代表音，韓語的收尾音字分類如下：

⬇ 表 6　韓語收尾音字分類

	代表音	收尾音字
1	「ㄱ」	ㄱ、ㅋ、ㄲ、ㄳ、ㄺ
2	「ㄴ」	ㄴ、ㄵ、ㄶ
3	「ㄷ」	ㄷ、ㅅ、ㅈ、ㅊ、ㅌ、ㅎ㉕、ㅆ
4	「ㄹ」	ㄹ、ㄼ、ㄽ、ㄾ、ㅀ
5	「ㅁ」	ㅁ、ㄻ
6	「ㅂ」	ㅂ、ㅍ、ㄿ、ㅄ
7	「ㅇ」	ㅇ

由前述表格可知，韓語 14 個單收尾音字中「ㄱ」、「ㅋ」的代表音同為「ㄱ」；「ㄷ」、「ㅅ」、「ㅈ」、「ㅊ」、「ㅌ」、「ㅎ」的代表音同為「ㄷ」；「ㅂ」、「ㅍ」的代表音同為「ㅂ」。雙收尾音字「ㄲ」、「ㅆ」雖然在外觀上是由兩個相同的子音字母所組成，但在終聲之位置上僅會發一個音，不會因子音字母的數量而有所不同，其代表音分別為「ㄱ」與「ㄷ」。像這樣將眾多單收尾音字與雙收尾音字同化為「ㄱ」、「ㄷ」、「ㅂ」代表音的現象，稱為「**平破裂音化**㉖」。

㉖平破裂音化

又稱為「音節末中和」。當障礙音（破裂音、摩擦音、破擦音皆屬之）位於終聲位置時，其音會同化成聲音產生位置相同的平破裂音。像是收尾音字「ㅍ」會發音成聲音產生位置（兩唇）相同的平音「ㅂ」；而「ㅌ」、「ㅅ」、「ㅆ」會發音成聲音產生位置（齒槽）相同的平音「ㄷ」；至於「ㅈ」、「ㅊ」聲音產生的位置雖為硬顎，但由於與齒槽十分地相近，因此亦會發音成與聲音產生位置（齒槽）類似的平音「ㄷ」；「ㄲ」、「ㅋ」則會發音成聲音產生位置（軟顎）相同的平音「ㄱ」。可參考第三章「韓語的子音」之表 4「韓語子音分類」，以方便對照，更有助於了解。

　　至於由兩個不同子音字母所構成的疊收音字，同樣也只能發一個音，此稱為「**子音群單純化**❷」，其代表音的選擇方式如下：

⬇ 表 7　韓語疊收尾音字代表音分類

	疊收尾音字	代表音	示例
1	ㄺ、ㄻ、ㄿ	疊收尾音字的兩個子音字母中，若右側出現「ㄱ」、「ㅁ」、「ㅍ」，則以「ㄱ」、「ㅁ」、「ㅂ」為代表音。	굵다 [국따]、젊다 [점따]、읊다 [읍따]
		例外：疊收尾音字「ㄺ」在初聲「ㄱ」之前的代表音為左側的「ㄹ」。	맑게 [말께]、밝고 [발꼬]、읽기 [일끼]
2	ㄳ、ㄵ、ㄶ、ㄼ、ㄽ、ㄾ、ㅀ、ㅄ	疊收尾音字的兩個子音字母中，若右側未出現「ㄱ」、「ㅁ」、「ㅍ」，則以左側之子音字母「ㄱ」、「ㄴ」、「ㄹ」、「ㅂ」作為代表音「ㄱ」、「ㄴ」、「ㄹ」、「ㅂ」。	넋 [넉]、앉다 [안따]、많다 [만타]、넓다 [널따]、외곬 [외골]、핥다 [할따]、잃다 [일타]、값 [갑]
		例外：以「ㄼ」為收尾音字的動詞「밟다」，其代表音為右側之「ㅂ」。	밟다 [밥따]

　　由上方的分類可以清楚知道，由兩個不同子音字母所構成的疊收尾音字僅能擇一發音，且除了少數例外，大致上可由疊收尾音字右側之「ㄱ」、「ㅁ」、「ㅍ」3 子音字母的有無來區別其代表音。若右側有

❷子音群單純化 ▶▶▶

　　為符合韓語音韻規則中「終聲僅能包含一子音」之現象，疊收尾音字「ㄳ」、「ㄵ」、「ㄶ」、「ㄺ」、「ㄻ」、「ㄼ」、「ㄽ」、「ㄾ」、「ㄿ」、「ㅀ」、「ㅄ」會在音節末端、其他子音前（即後方並非緊接母音）脫落其中一個子音字母的音。例如：「삶」這個字的收尾音字，因位於音節的末端，且後方並無母音相連，因此會脫落其中一個子音字母的音而唸作 [삼]；而「삶과」中之「삶」因收尾音字後緊連的是子音，非與母音相連，因此亦脫落其中一個子音字母的音而唸作 [삼]。

「ㄱ」、「ㅁ」、「ㅍ」3子音字母，則其代表音為「ㄱ」、「ㅁ」、「ㅂ」；若無，原則上以左側的子音字母作為代表音。

3. 收尾音字的發音

由前述內容可知，在韓語中標示終聲之收尾音字雖然眾多，但在發音時，僅有「ㄱ」、「ㄴ」、「ㄷ」、「ㄹ」、「ㅁ」、「ㅂ」、「ㅇ」7種代表音作為終聲。由於音節中的中聲（母音）為必要成分，因此收尾音字在發音時必須結合母音一同唸讀。在本章節中為了將練習的焦點置於收尾音字的發音上，與之結合之母音將以無嘴形變化的單母音為主，以減少發音練習時的干擾。

此外，由於子音字母位於「初聲」之發音已於前一章節中完整敘述，因此在本章節中僅針對位於「終聲」之發音方法加以說明。學習者可在聆聽音檔示範之發音後，另以自己較熟悉、清楚之音標註記，藉以完整掌握該終聲代表音之正確發音。此7種終聲之發音方法如下：

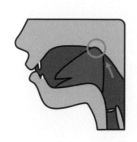

適用單收尾音字：ㄱ、ㅋ

適用雙收尾音字：ㄲ

適用疊收尾音字：ㄳ、ㄺ

[k]

此終聲在發音時，需在該音節中聲（母音）唸完後，利用舌根與軟顎間之接觸，迅速地阻斷送出的空氣，直到氣流壓力消失後始可放鬆舌頭。「ㄱ」在作為初聲與終聲時，舌頭與軟顎接觸的位置相同。

收尾音字「ㄱ」與單母音結合時，書寫方式與發音如下： 🎧 **MP3-063**

單母音 收尾音字	ㅏ	ㅓ	ㅗ	ㅜ	ㅡ	ㅣ	ㅐ	ㅔ
ㄱ	악	억	옥	욱	윽	익	액	엑

 韓語終聲之發音方式

　　在唸讀韓語障礙音終聲「ㄱ」、「ㄷ」、「ㅂ」時，之所以較難清楚辨識，乃因氣流受阻礙後不再通過所導致。換句話說，在唸讀韓語障礙音終聲「ㄱ」、「ㄷ」、「ㅂ」時，聽者聽到的是「話者以何種方式將氣流阻斷」的聲音，因而需要透過反覆訓練才能正確聽讀。同時，話者在發韓語障礙音終聲時，應避免在其後方自行加上氣流。相反地，在發其他非障礙音的終聲「ㄴ」、「ㄹ」、「ㅁ」、「ㅇ」時，則是因為氣流並未被完全阻斷，因此較容易辨識。

ㄴ

適用單收尾音字：ㄴ

適用疊收尾音字：ㄵ、ㄶ

[n]

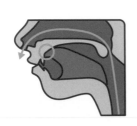

此終聲在發音時，需在該音節中聲（母音）唸完後，利用舌尖與上排門牙牙槽間之接觸，阻斷口腔之通道，使空氣從鼻腔通道送出，直到氣流消失後始可放鬆舌頭。「ㄴ」在作為初聲與終聲時，舌頭與牙槽接觸的位置相同。

收尾音字「ㄴ」與單母音結合時，書寫方式與發音如下：　🎧 MP3-064

單母音　　收尾音字	ㅏ	ㅓ	ㅗ	ㅜ	ㅡ	ㅣ	ㅐ	ㅔ
ㄴ	안	언	온	운	은	인	앤	엔

➡ 圖 37　雪嶽山（설악산）：位於江原道境內，高度為海拔 1,708 公尺，為大韓民國第三高山，於西元 1970 年被指定為國家公園。

ㄷ

[t]

適用單收尾音字：ㄷ、ㅌ、ㅅ、ㅈ、ㅊ、ㅎ

適用雙收尾音字：ㅆ

此終聲在發音時，需在該音節中聲（母音）唸完後，利用舌尖與上排門牙牙槽間之接觸，迅速地阻斷送出的空氣，直到氣流壓力消失後始可放鬆舌頭。「ㄷ」在作為初聲與終聲時，舌頭與牙槽接觸的位置相同。

收尾音字「ㄷ」與單母音結合時，書寫方式與發音如下： 🎧 **MP3-065**

收尾音字 ＼ 單母音	ㅏ	ㅓ	ㅗ	ㅜ	ㅡ	ㅣ	ㅐ	ㅔ
ㄷ	앋	얻	옫	욷	읃	읻	앧	엗

ㄹ

[l]

適用單收尾音字：ㄹ

適用疊收尾音字：ㄼ、ㄽ、ㄾ、ㅀ

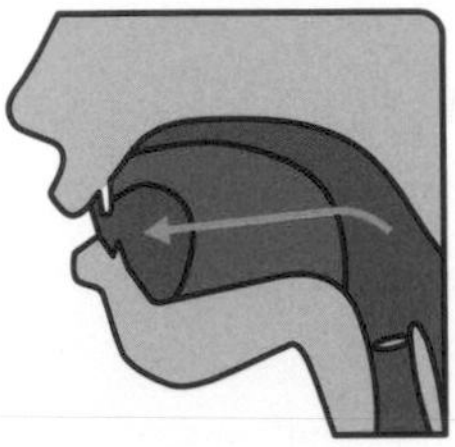

此終聲在發音時，需在該音節中聲（母音）唸完後，利用舌尖與上排門牙牙槽間之接觸，使空氣從舌頭兩側流出，直到氣流消失後始可放鬆舌頭。「ㄹ」在作為初聲與終聲時，舌頭與牙槽接觸的位置相同，舌頭皆不可過度捲曲。

收尾音字「ㄹ」與單母音結合時，書寫方式與發音如下： MP3-066

單母音 / 收尾音字	ㅏ	ㅓ	ㅗ	ㅜ	ㅡ	ㅣ	ㅐ	ㅔ
ㄹ	알	얼	올	울	을	일	앨	엘

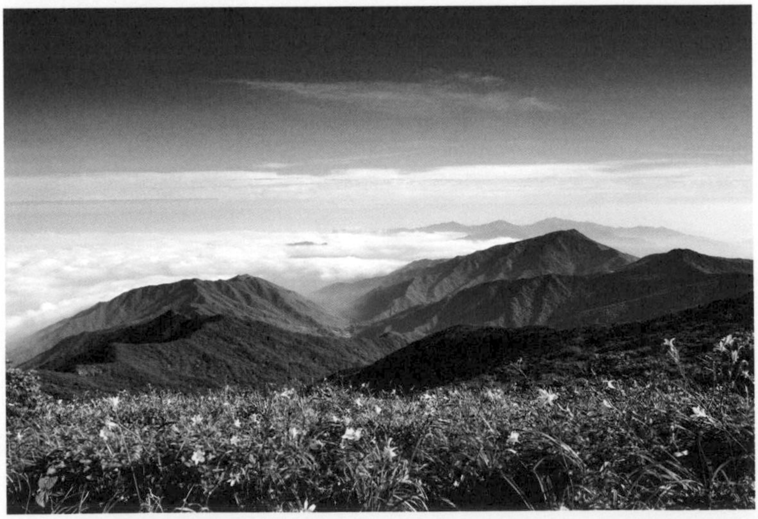

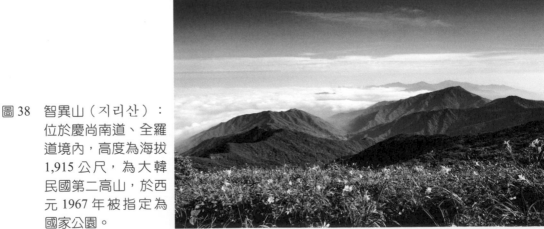

➔圖 38　智異山（지리산）：位於慶尚南道、全羅道境內，高度為海拔 1,915 公尺，為大韓民國第二高山，於西元 1967 年被指定為國家公園。

ㅁ

[m]

適用單收尾音字：ㅁ

適用疊收尾音字：ㄻ

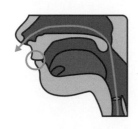

此終聲在發音時，需在該音節中聲（母音）唸完後，利用上下唇間之閉合，阻斷口腔之通道，使空氣從鼻腔通道送出，直到氣流消失後始可放鬆雙唇。「ㅁ」在作為初聲與終聲時，皆發生雙唇閉合之動作。

收尾音字「ㅁ」與單母音結合時，書寫方式與發音如下： 🎧 **MP3-067**

單母音 收尾音字	ㅏ	ㅓ	ㅗ	ㅜ	ㅡ	ㅣ	ㅐ	ㅔ
ㅁ	암	엄	옴	움	음	임	앰	엠

ㅂ

[p]

適用單收尾音字：ㅂ、ㅍ

適用疊收尾音字：ㄿ、ㅄ

此終聲在發音時，需在該音節中聲（母音）唸完後，利用上下唇間之迅速閉合，阻斷口腔之通道，直到氣流壓力消失後始可放鬆雙唇。「ㅂ」在作為初聲與終聲時，皆發生雙唇迅速閉合之動作。

收尾音字「ㅂ」與單母音結合時，書寫方式與發音如下： 🎧 **MP3-068**

收尾音字 ＼ 單母音	ㅏ	ㅓ	ㅗ	ㅜ	ㅡ	ㅣ	ㅐ	ㅔ
ㅂ	압	업	옵	웁	읍	입	앱	엡

➔ 圖39　太白山（태백산）：位於江原道、慶尚北道境內，高度為海拔1,567公尺，於西元2016年被指定為國家公園。

[ng]

適用單收尾音字：ㅇ

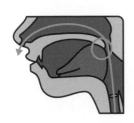

此終聲在發音時，需在該音節中聲（母音）唸完後，利用舌根與軟顎間之接觸，阻斷口腔之通道，使空氣從鼻腔通道送出，直到氣流消失後始可放鬆舌頭。

收尾音字「ㅇ」與單母音結合時，書寫方式與發音如下： 🎧 **MP3-069**

單母音 收尾音字	ㅏ	ㅓ	ㅗ	ㅜ	ㅡ	ㅣ	ㅐ	ㅔ
ㅇ	앙	엉	옹	웅	응	잉	앵	엥

單元練習

請一邊聆聽音檔，一邊練習摹寫。

1. 🎧 MP3-070

박	밭	밥

2. 🎧 MP3-071

간	감	강

3. 🎧 MP3-072

익다	잇다	입다

4. 🎧 MP3-073

인간	임금	잉잉

5. 🎧 MP3-074

값	닭	삶

6. 🎧 MP3-075

앉다	넓다	읊다

7. 🎧 MP3-076

선택	벚꽃	집밥

8. 🎧 MP3-077

자전거	미용실	운동장

9. 🎧 MP3-078

식칼	옷장	일곱

10. 🎧 MP3-079

깎다	있다	없다

05 韓語的音韻規則
Korean Phonological Rules

1. 音韻與音韻規則

音韻，指的是在區別話語意義時最小的聲音單位。在說話時會發出一連串的聲音，進而導致音韻發生變化，而音韻規則即是統整這些現象的規範。

需特別留意，本章中所提及之音韻規則，其中牽涉到的皆僅是在「音」層面上之變化，並未涉及「字」層面上之變動；即改變的僅有在發音上的變化而已，在字的樣貌上並無任何改變。同時，由於韓語的音韻規則較為複雜，且與文法概念、知識互相連結，具一定之困難度，學習者可視實際學習狀況，搭配課程進度參考，並加以活用。

2. 音韻規則的種類

（1）連音法則（연음법칙）

前一音節出現標記終聲的收尾音字，而後一音節以母音起頭時，該收尾音字成為後一音節初聲之現象。連音法則[28]可進一步區分成下列 2 種情形：

△圖 40　N首爾塔（N 서울타워）：建於西元 1975 年，位於首爾特別市龍山區的南山上，俗稱南山塔，是結合電視訊號發射與觀光景點的著名地標。

△圖 41　海雲臺（해운대）：位於釜山廣域市海雲臺區的海灘，為韓國最為著名的海水浴場，每年暑期都吸引大量的觀光客朝聖。

㉘不適用連音法則之情形 ≫

韓語「ㄷ」、「ㅈ」、「ㅊ」、「ㅋ」、「ㅌ」、「ㅍ」、「ㅎ」等子音名稱之收尾音字與後方音節母音連音時，不適用連音法則，而是以特定方式唸讀，例如：디귿이 [디그시]、지읒을 [지으슬]、치읓은 [치으슨]、키읔에 [키으게]、티읕으로 [티으스로]、피읖에서 [피으베서]、히읗이랑 [히으시랑]。

❶ 一音節出現標記終聲的「單收尾音字」或「雙收尾音字」，而後一音節以母音起頭時，該收尾音字會成為後一音節的初聲。需注意，由兩個相同子音結合而成的雙尾音字，本身可視為一完整的子音字母，因此在連音時不得將其拆解。

🎧 MP3-080

例 옷이 [오시]、돈이 [도니]、깎아 [까까]、
있어 [이써]

❷ 前一音節出現標記終聲的「疊收尾音字」，而後一音節以母音起頭時，該疊收尾音字右方之子音會成為後一音節的初聲。需注意，疊收音字是由兩個不同的獨立子音所結合，因此連音時需將其拆解。

🎧 MP3-081

例 앉아 [안자]、젊어 [절머]、삶아 [살마]、
닭을 [달글]

（2）絕音法則（절음법칙）

前一音節出現標記終聲的收尾音字，而後一音節為以母音「ㅏ」、「ㅓ」、「ㅗ」、「ㅜ」、「ㅟ」起頭之「實質形態素[29]」時，該收尾音字會先轉變成其代表音，再移至後一音節的初聲發音。絕音法則可進一步區分成下列 3 種情形：

❶ 當前一音節標記終聲之收尾音字為「ㅋ」、「ㄲ」、「ㄳ」、「ㄺ」時，該收尾音字會先轉變成代表音「ㄱ」。

⬆ 圖 42 仁川國際機場（인천국제공항）：為仁川廣域市永宗島與龍遊島間填土後建成，於西元 2001 年正式啟用，是東北亞的重要轉運機場。

[29] 形態素 ⟫⟫

韓語中的「形態素」（형태소）指的是具備意義或功能的最小語言單位。依據具體意義之有無，可分為「實質形態素」（실질형태소）與「形式形態素」（형식형태소）。實質形態素可具體地標示對象、動作或狀態，例如：名詞、語幹、語根等；形式形態素則需緊連實質形態素，無法獨立使用，其主要功能為標示話語之間的關係，例如：助詞、語尾、接辭等。

🎧 MP3-082

例 부엌 안 [부억안→부어간]、
넋없다 [넉업따→너겁따]、닭 안 [닥안→다간]

❷ 當前一音節標記終聲之收尾音字為「ㅅ」[30]、「ㅈ」、「ㅊ」、「ㅌ」時，該收尾音字會先轉變成代表音「ㄷ」。

🎧 MP3-083

例 웃어른 [욷어른→우더른]、
몇 월 [면월→며뒬]、겉옷 [건옫→거돋]

❸ 當前一音節標記終聲之收尾音字為「ㅍ」、「ㅄ」時，該收尾音字會先轉變成代表音「ㅂ」。

🎧 MP3-084

例 앞어금니 [압어금니→아버금니]、
옆 얼굴 [엽얼굴→여벌굴]、
값 인상 [갑인상→가빈상]

（3）激音化（격음화）

　　平音「ㄱ」、「ㄷ」、「ㅂ」、「ㅈ」在緊連「ㅎ」時，轉變成激音「ㅋ」、「ㅌ」、「ㅍ」、「ㅊ」之現象。激音化可進一步區分成下列 2 種情形：

❶ 當前一音節標記終聲之收尾音字「ㅎ」、「ㄶ」、「ㅀ」與後一音節的平音初聲「ㄱ」、「ㄷ」、「ㅈ」緊連時，兩者經結合後發音作「ㅋ」、「ㅌ」、「ㅊ」。

🎧 MP3-085

例 놓고 [노코]、많다 [만:타]、싫다 [실타]

⓷ 當收尾音字「ㅅ」後方緊連「ㅎ」時

　　當前一音節標記終聲之收尾音字為「ㅅ」、而後一字緊連「ㅎ」時，無論後方為實質或形式形態素，兩者經結合後發音作「ㅌ」，是為一特例。例如：빗 한 개 [빋한개→비탄개]、깨끗하다 [깨끋하다→깨끄타다]。

⬆ 圖43 大陵苑（대릉원）：位於慶尚北道慶州市的新羅古墳陵園，天馬塚中著名的天馬圖即出土於此處，並被指定為國寶。

❷ 當前一音節標記終聲之收尾音字「ㄱ(리)」、「ㄷ」、「ㅂ(래)」、「ㅈ(ㄸ)」與後一音節的初聲「ㅎ」緊連時,兩者經結合後「ㅋ」、「ㅌ」、「ㅍ」、「ㅊ」。

🎧 MP3-086

例 특히 [트키]、맏형 [마텽]、입학 [이팍]、
앉히다 [안치다]

(4) 口蓋音化 (구개음화)

前一音節標記終聲之收尾音字為「ㄷ」、「ㅌ」(齒槽音),而後一音節為以「ㅣ」音起頭的形式形態素時,該收尾音轉變成硬口蓋音(硬顎音)「ㅈ」、「ㅊ」之現象。同時,在口蓋音化進行之前,會先適用連音法則或激音化。口蓋音化可進一步區分成下列 3 種情形:

❶ 當前一音節標記終聲之收尾音字為「ㄷ」時,與後一音節之「ㅣ」結合唸作「지」。

🎧 MP3-087

例 굳이 [구디→구지]、해돋이 [해도디→해도지]

❷ 當前一音節標記終聲之收尾音字為「ㅌ」時,與後一音節之「ㅣ」結合唸作「치」。

⬆ 圖44 E-World 83 塔 (이월드 83 타워) : 位於大邱廣域市達西區主題公園內的知名建築地標,也是俯瞰大邱夜景的著名景點。

🎧 MP3-088

例 같이 [가티→가치]、
붙여 넣기 [부텨너키→부쳐너키]

❸ 當前一音節標記終聲之收尾音字為「ㄷ」時，與後一音節之「히」結合唸作「치」。

🎧 MP3-089

例 같히다 [가티다→가치다]、
닫혀 있다 [다텨읻따→다쳐읻따]

（5）鼻音化（비음화）

在滿足特定條件之情況下，破裂音「ㄱ」、「ㄷ」、「ㅂ」等在聲音產生之相同位置上，轉變成特定鼻音之現象。鼻音化可進一步區分成下列 3 種情形：

❶ 當前一音節之收尾音為破裂音「ㄱ(ㄲ、ㅋ、ㄳ、ㄺ)」、「ㄷ(ㅅ、ㅆ、ㅈ、ㅊ、ㅌ)」、「ㅂ(ㅍ、ㄼ、ㄿ、ㅄ)」，且與後一音節位於初聲之鼻音「ㄴ」、「ㅁ」緊連時，前方之收尾音「ㄱ」、「ㄷ」、「ㅂ」則分別會被同化成鼻音「ㅇ」、「ㄴ」、「ㅁ」。

🎧 MP3-090

例 국물 [궁물]、있는 [읻는→인는]、
십년 [심년]、밥 먹다 [밤먹따]

❷ 當前一音節之收尾音為破裂音「ㄱ(ㄲ、ㅋ、ㄳ、ㄺ)」、「ㄷ(ㅅ、ㅆ、ㅈ、ㅊ、ㅌ)」、「ㅂ(ㅍ、ㄼ、ㄿ、ㅄ)」，且與後一音節位於初聲之流音「ㄹ」緊連時，後方的流音「ㄹ」會轉變成鼻音「ㄴ」，而前方之收尾音「ㄱ」、「ㄷ」、「ㅂ」則分別會被同化成鼻音「ㅇ」、「ㄴ」、「ㅁ」。

⬆ 圖 45 靈琴亭（영금정）：位於江原道束草市束草燈塔下方的海岸，相傳浪花拍打礁石所發出的聲音如同韓國傳統樂器「玄鶴琴」聲，因而得名。

⬆ 圖 46 正東津（정동진）：位於江原道江陵市的海灘，擁有全世界距海最近的簡易火車站，有許多觀光客到此觀賞東海的日出美景。

🎧 MP3-091

例 대학로 [대학노→대항노]、
　몇 리 [멷리→멷니→면니]、
　왕십리 [왕십니→왕심니]

❸ 當前一音節之收尾音為鼻音「ㅁ」、「ㅇ」，且與
　後一音節位於初聲之流音「ㄹ」緊連時，後方的
　「ㄹ」會被同化成鼻音「ㄴ」。

🎧 MP3-092

例 심리 [심니]、침략 [침냑]、강림 [강:님]、
　종로 [종노]

(6) 硬音化 (경음화)

　　在滿足特定條件之情況下，平音「ㄱ」、「ㄷ」、
「ㅂ」、「ㅅ」、「ㅈ」轉變成硬音「ㄲ」、「ㄸ」、
「ㅃ」、「ㅆ」、「ㅉ」之現象。硬音化可進一步區
分成下列 4 種情形：

❶ 當前一音節之收尾音為破裂音「ㄱ(ㄲ、ㅋ、
　ㄳ、ㄺ)」、「ㄷ(ㅅ、ㅆ、ㅈ、ㅊ、ㅌ)」、「ㅂ
　(ㅍ、ㄼ、ㄿ、ㅄ)」，且與後一音節位於初聲之
　平音「ㄱ」、「ㄷ」、「ㅂ」、「ㅅ」、「ㅈ」
　緊連時，後方的平音會發音作「ㄲ」、「ㄸ」、
　「ㅃ」、「ㅆ」、「ㅉ」。

🎧 MP3-093

例 식구 [식꾸]、듣다 [듣따]、숯불 [숟뿔]、
　밥솥 [밥쏟]、옆집 [엽찝]

⬆ 圖 47　寶城茶園（보성 차
　밭）：位於全羅南道
　的寶城郡，是韓國歷
　史悠久且規模最大的
　茶葉產地，吸引相當
　多觀光客前去體驗製
　茶文化。

㉛ 語幹與語尾 ▶▶▶

　　在韓語中，語幹為動詞、形容詞等詞彙之核心基幹，在活用結合時並不會有所變化；語尾則添加於動詞、形容詞等詞彙之語幹後方，在活用結合時有時會有所變化。

❷ 當語幹㉛最後一字之收尾音字為「ㄴ（ㄵ）」、「ㅁ（ㄻ）」、「ㄼ」、「ㄾ」，且與後方以平音「ㄱ」、「ㄷ」、「ㅅ」、「ㅈ」起頭的語尾㉛結合時，則後方的平音會發音作「ㄲ」、「ㄸ」、「ㅆ」、「ㅉ」。

🎧 MP3-094

例）안고 [안꼬]、얹다 [언따]、젊지 [점:찌]、
　　얇게 [얄:께]、훑소 [훌쏘]

❸ 在漢字語㉜中，當前一音節之收尾音為「ㄹ」，且與後一音節位於初聲之平音「ㄷ」、「ㅅ」、「ㅈ」緊連時，則後方的平音會發音作「ㄸ」、「ㅆ」、「ㅉ」。

🎧 MP3-095

例）일등 [일뜽]、발달 [발딸]、갈색 [갈쌕]、
　　일시 [일씨]、멸종 [멸쫑]

❹ 當冠形詞形語尾「-（으）ㄹ」，或以「-（으）ㄹ」起頭之語尾與後方平音「ㄱ」、「ㄷ」、「ㅂ」、「ㅅ」、「ㅈ」緊連時，則後方的平音會發音作「ㄲ」、「ㄸ」、「ㅃ」、「ㅆ」、「ㅉ」。

🎧 MP3-096

例）갈 곳 [갈꼳]、놀 데 [놀떼]、알 바 [알빠]、
　　할 시간 [할씨간]、올지 [올찌]

㉜ 漢字語 ▶▶▶

　　在韓語中，根據話語之來源可分為「固有語」（고유어）、「漢字語」（한자어）、「外來語」（외래어）、混種語（혼종어）。**固有語**是韓語本身既有之詞語，最早被廣泛地使用，例如：「하늘」為天空的意思，並無相對應的漢字。**漢字語**是由漢字詞組成的詞語，發音大部分與漢字相近，包含古漢語，例如：「공자」（孔子）；和（日）製漢語，例如：「졸업」（卒業）為畢業的意思；韓製漢語，例如：「남편」（男便）為丈夫的意思。**外來語**是以韓文標示外國詞彙音讀之詞語，發音通常貼近原語言，例如：「웹사이트」（website）為網站的意思。**混種語**則是混用結合上述詞彙之話語，例如「메뉴판」（menu 板）為菜單的意思。

（7）流音化（유음화）

　　在滿足特定條件之情況下，鼻音「ㄴ」轉變成流音「ㄹ」之現象。流音化[33]可進一步區分成下列 2 種情形：

❶ 當前一音節之收尾音「ㄴ」與後一音節的初聲「ㄹ」緊連，或前一音節之收尾音「ㄹ」與後一音節的初聲「ㄴ」緊連時，「ㄴ」會被同化成「ㄹ」。

🎧 MP3-097

例 난리 [날:리]、신라 [실라]、일년 [일련]、
　 설날 [설:랄]

❷ 當前一音節標記終聲之收尾音字「ㄲ」、「ㅀ」與後一音節的初聲「ㄴ」緊連時，「ㄴ」會被同化成「ㄹ」。

🎧 MP3-098

例 핥네 [할레]、끓는 [끌른]、뚫는 [뚤른]

（8）「ㄴ」音添加（'ㄴ'음 첨가）

　　在滿足特定條件之情況下，後一個以母音「이」、「야」、「여」、「요」、「유」起頭的字，會添加「ㄴ」音而發音作「니」、「냐」、「녀」、「뇨」、「뉴」之現象。「ㄴ」音添加可進一步區分成下列 2 種情形：

㉝不適用流音化之特例 》》

　　在部分單字中，即便滿足發生流音化之條件，流音化亦不會發生，此時「ㄹ」音反而會發音作鼻音「ㄴ」。例如：결단력 [결단녁]、생산량 [생산냥]、입원료 [이붠뇨]。

韓語中的「合成語」（합성어），是由 2 個以上的實質形態素結合而成之單詞。例如：날 - 짐승（飛 / 禽）、입 - 가（嘴 / 角）、집 - 안（家 / 裡）。

韓語中的「派生語」（파생어），是由實質形態素與接辭（包含接頭辭、接尾辭，不具獨立使用之特性）結合而成之單詞。例如：날 - 고기（날-/肉）、맨 - 손（맨-/手）、지우 - 개（擦 /- 개）。

⬆ 圖 48　全州韓屋村（전주 한옥마을）：全羅北道全州市校洞與豐南洞一帶聚集了眾多韓屋，這些建築物保留了韓國傳統建築結構與機能上的特色。

❶ 在合成語❸、派生語❸中，當前方之實質形態素或接頭辭最後一字出現收尾音字，且後方之實質形態素或接尾辭以母音「이」、「야」、「여」、「요」、「유」起頭時，則後方母音會添加「ㄴ」音，發音作「니」、「냐」、「녀」、「뇨」、「뉴」。

🎧 MP3-099

例　한 - 여름 [한녀름]、식용 - 유 [시공뉴]、
　　꽃 - 잎 [꽃닙→꼰닙]、물 - 약 [물냑→물략]

❷ 在連續唸讀兩單詞時，當前方單詞的最後一字出現收尾音字，且後方單詞以母音「이」、「야」、「여」、「요」、「유」起頭時，則後方母音會添加「ㄴ」音，發音作「니」、「냐」、「녀」、「뇨」、「뉴」。

🎧 MP3-100

例　한 일 [한닐]、대만 요리 [대만뇨리]、
　　옷 입다 [옷닙따→온닙따]、
　　볼 일 [볼닐→볼릴]

（9）「ㅎ」音脫落（'ㅎ'음 탈락）

在滿足特定條件之情況下，「ㅎ」音脫落之現象。「ㅎ」音脫落有下列 1 種情形：

❶ 當語幹最後一字之收尾音字為「ㅎ」、「ㄶ」、「ㅀ」，且後一字緊連以母音起頭的語尾或接尾詞時，則前一字收尾音字中的「ㅎ」音會脫落。

🎧 MP3-101

例　좋은 [조은]、넣어 [너어]、쌓이다 [싸이다]、
　　많아 [만아→마나]、싫어 [실어→시러]

（10）**有聲音化**（유성음화）

在滿足特定條件之情況下，「無聲音[36]子音」轉變成「有聲音子音」之現象。有聲音化可進一步區分成下列 2 種情形：

❶ 當平破裂音「ㄱ」、「ㄷ」、「ㅂ」與平破擦音「ㅈ」介於母音與母音之間時，則該平破裂音與平破擦音原先的「k」、「t」、「p」、「ch」音，會發音作有聲音之「g」、「d」、「b」、「j」音。

🎧 MP3-102

例 가구 [ka-gu]、디디다 [ti-di-da]、
부부 [pu-bu]、자주 [cha-ju]

❷ 當平破裂音「ㄱ」、「ㄷ」、「ㅂ」與平破擦音「ㅈ」位於「ㄴ」、「ㅁ」、「ㅇ」、「ㄹ」收尾音後，則該平破裂音與平破擦音原先的「k」、「t」、「p」、「ch」音，會發音作有聲音之「g」、「d」、「b」、「j」音。

🎧 MP3-103

例 인구 [in-gu]、침대 [chim-dae]、
농지 [nong-ji]、갈비 [kal-bi]

⑥ **有聲音、無聲音**

語言學中，將發音時伴隨聲帶振動之音稱為「有聲音」（유성음，又稱濁音），聲帶不振動之音稱為「無聲音」（무성음，又稱清音）。而在韓語中，有聲音包含母音，以及子音「ㄴ」、「ㅁ」、「ㅇ」、「ㄹ」；無聲音則包含「ㄱ」、「ㄷ」、「ㅂ」、「ㅅ」、「ㅈ」、「ㅊ」、「ㅋ」、「ㅌ」、「ㅍ」、「ㅎ」、「ㄲ」、「ㄸ」、「ㅃ」、「ㅆ」、「ㅉ」。

🔍 **其他存在於實際發音中之「ㅎ」音弱化情形**

當前一音節之收尾音為「ㄴ」、「ㅁ」、「ㅇ」、「ㄹ」，且與後一音節位於初聲之「ㅎ」緊連時，則後一音節的「ㅎ」會有弱化的情形，此時前一音節之收尾音「ㄴ」、「ㅁ」、「ㄹ」會成為後一音節之初聲。此現象雖然**不被視為標準發音**，但卻出現於實際韓語對話中。例如：전화 [전:화 / 저:놔]、실험 [실험 / 시럼]、암호 [암:호 / 아:모]、영화 [영화 / 영와]。

單元練習

請聆聽音檔，寫出其經音韻規則作用後之正確發音。

1. 🎧 MP3-104

집에	있어	앞으로
[ ]	[ ]	[ ]

2. 🎧 MP3-105

닭 위	꽃 안	늪 앞
[ ]	[ ]	[ ]

3. 🎧 MP3-106

만이	붙이다	묻히다
[ ]	[ ]	[ ]

4. 🎧 MP3-107

국화	넓히다	좋다
[ ]	[ ]	[:]

5. 🎧 MP3-108

밥물	석류	강릉
[ ]	[ ]	[ ]

6. 🎧 MP3-109

걱정	앉다	발전
[ ]	[ ]	[ ]

7. 🎧 MP3-110

연락	탄력	달님
[ ]	[:]	[ ]

8. 🎧 MP3-111

신여성	일광욕	태양열
[ ]	[ ]	[ ]

9. 🎧 MP3-112

좋아서	낳아서	많아서
[ ]	[ ]	[ ]

10. 🎧 MP3-113

고기	대도시	보배
[-]	[- -]	[-]

解答

6. [걱쩡]、[안따]、[발쩐]
7. [열락]、[탈:력]、[달림]
8. [신녀성]、[일광뇩]、[태양녈]
9. [조아서]、[나아서]、[마나서]
10. [ko-gi]、[tae-do-si]、[po-bae]

1. [치페]、[이껴]、[이프리]
2. [누라]、[꼬락]、[그럼]
3. [마치다]、[부치다]、[느키다]
4. [조:타]、[달피다]、[구캐]
5. [달룡]、[옹냑]、[으윽]

附録

Appendix

CH1 單元測驗

一、請判斷以下之敘述，正確請寫「○」，錯誤請寫「×」。

( ) 1. 在韓國文字尚未創制之前，朝鮮半島的人民曾以漢字作為文字記錄之方式。

( ) 2. 韓語的演變與歷史脈絡息息相關，文法與音韻體系曾發生極大變化。

( ) 3. 韓國文字於西元1443年被創制後，立即受到全國人民之愛戴，並廣泛地被使用於官方之文字記載。

( ) 4. 韓國文字之使用，是先由平民百姓帶起使用之風氣，再逐漸擴展至上層的兩班貴族階級。

( ) 5. 《訓民正音》為大韓民國政府為教導國民正確之發音所制定，現已被聯合國教科文組織列為世界記憶遺產。

( ) 6. 現今每年的10月9日為韓國文字節，是根據《訓民正音》刊行頒佈的日期而訂定。

( ) 7. 韓國文字之母音是依照發音時該發聲器官的形狀，子音則是運用「天、地、人」三才的原理製成。

( ) 8. 韓國文字在創制原理與使用說明上，具有極高度的邏輯理論與嚴謹性，亦為韓國民族之精神象徵。

( ) 9. 隨著時間的流逝與外來語之傳入，現今韓國文字中的半齒音「ㅿ」、半喉音「ㆆ」等皆為順應時代所新增的文字。

( ) 10. 現今韓國文字的字母系統內包含19個子音字母，以及21個母音字母，合計40個字母。

一、1. ○ 2. ○ 3. × 4. × 5. × 6. ○ 7. × 8. ○ 9. × 10. ○

解答

CH2 單元測驗

一、請判斷以下之敘述，正確請寫「○」，錯誤請寫「×」。

（　）1. 韓語中之母音可獨立發音，但在書寫時須結合子音字母「ㅇ」書寫，
此時的「ㅇ」不發音。

（　）2. 韓語中的母音分為單母音與二重母音。單母音是指在發音時嘴形會發
生變化的母音；而二重母音是指在發音時嘴形不會產生變化的母音。

二、請聆聽音檔，並選出對應之答案。🎧 MP3-114

（　）1. ① 아　　　② 어　　　③ 오

（　）2. ① 어　　　② 오　　　③ 우

（　）3. ① 오　　　② 우　　　③ 으

（　）4. ① 우　　　② 으　　　③ 이

（　）5. ① 야　　　② 여　　　③ 요

（　）6. ① 여　　　② 요　　　③ 유

（　）7. ① 요　　　② 유　　　③ 애

（　）8. ① 와　　　② 워　　　③ 위

（　）9. ① 위　　　② 위　　　③ 왜

（　）10.① 위　　　② 웨　　　③ 의

三、請聆聽音檔，並寫出對應之答案。🎧 MP3-115

1.

☐

2.

☐

3.

☐

4.

☐

5.

☐

6.

☐☐

7.

☐☐

8.

☐☐

9.

☐☐

10.

☐☐

三、1.어 2.으 3.응 4.끙 5.의 6.아이 7.야옹 8.얼이 9.응아 10.이름

二、1.② 2.② 3.③ 4.① 5.③ 6.① 7.③ 8.① 9.② 10.②

一、1.○ 2.×

解答

CH3 單元測驗

一、請判斷以下之敘述,正確請寫「○」,錯誤請寫「×」。

( ) 1. 韓語中的子音因無法獨立發音,所以必須與母音結合始能發出聲音。

( ) 2. 平音、硬音主要在「聲音之大小」上有所差異,「喉嚨緊繃與用力之程度」並非區別之標準。

二、請聆聽音檔,並選出對應之答案。 MP3-116

( ) 1. ① 어　　② 오　　③ 거

( ) 2. ① 가　　② 고　　③ 기

( ) 3. ① 너　　② 러　　③ 서

( ) 4. ① 노　　② 모　　③ 오

( ) 5. ① 구　　② 두　　③ 부

( ) 6. ① 가　　② 카　　③ 까

( ) 7. ① 더　　② 터　　③ 떠

( ) 8. ① 보　　② 포　　③ 뽀

( ) 9. ① 수　　② 후　　③ 쑤

( ) 10. ① 지　　② 치　　③ 찌

三、請聆聽音檔,並寫出對應之答案。 MP3-117

1.

2.

3.

4.

⬚

5.

⬚

6.

⬚

7.

⬚⬚

8.

⬚⬚

9.

⬚⬚

10.

⬚⬚

CH4 單元測驗

一、請判斷以下之敘述,正確請寫「○」,錯誤請寫「×」。

(　　)1. 韓語的音節是由初聲、中聲與終聲組合而成,而其中的中聲為音節之必要成分。

(　　)2. 韓語收尾音字實際於發音時,可發出「ㄱ、ㄴ、ㄷ、ㄹ、ㅁ、ㅂ、ㅅ、ㅇ、ㅈ、ㅊ、ㅋ、ㅌ、ㅍ、ㅎ、ㄲ、ㄸ、ㅃ、ㅆ、ㅉ」共19種代表音。

二、請聆聽音檔,選並出對應之答案。🎧 MP3-118

(　　)1. ①악　　②안　　③압

(　　)2. ①안　　②암　　③앙

(　　)3. ①앍　　②앝　　③앞

(　　)4. ①간　　②감　　③강

(　　)5. ①앖　　②앉　　③앓

(　　)6. ①굶　　②굻　　③굵

(　　)7. ①한국　②함국　③항국

(　　)8. ①컨퓨터　②컴퓨터　③컹퓨터

(　　)9. ①가족　②가존　③가좁

(　　)10.①무릌　②무릂　③무릎

三、請聆聽音檔,並從提示的字中選擇並寫出對應之答案。🎧 MP3-119

1. 낚 / 났 / 낢

	시	

2. 막 / 맛 / 맒

	집	

3. 익 / 잇 / 입

	국

4. 한 / 할 / 함

	부

5. 전 / 점 / 정

안	

6. 신 / 심 / 싱

점	

7. 안 / 암 / 앙

중	

8. 분 / 불 / 붕

	고	기

9. 산 / 삼 / 상

인		차

10. 관 / 괌 / 광

도	서	

三、1. 잇 2. 함 3. 정 4. 싱 5. 전 6. 심 7. 앙 8. 불 9. 상 10. 광
二、1. ○ 2. ② 3. ③ 4. ③ 5. ② 6. ① 7. ① 8. ② 9. ① 10. ③
一、1. ○ 2. ×

解答

CH5 單元測驗

一、請判斷以下之敘述，正確請寫「○」，錯誤請寫「✕」。

( ) 1. 音韻規則牽涉到的皆僅是在「音」層面上之變化，在「字」的樣貌上
並無任何改變。

( ) 2. 「깎아」在適用連音法則時，收尾音字右方之子音成為後一音節的初
聲，即發音作 [깍가]。

二、請聆聽音檔，並選出其經音韻規則作用後之正確發音。 🎧 MP3-120

( ) 1. 닭을 　　① [다를] 　　② [다글] 　　③ [달글]

( ) 2. 몇 월 　　① [며췰] 　　② [면뛀] 　　③ [며뒬]

( ) 3. 굳히다 　① [구디다] 　② [구티다] 　③ [구치다]

( ) 4. 싫다 　　① [실타] 　　② [실다] 　　③ [실따]

( ) 5. 십만 　　① [신만] 　　② [심만] 　　③ [싱만]

( ) 6. 받다 　　① [받따] 　　② [받타] 　　③ [반따]

( ) 7. 일년 　　① [인년] 　　② [인련] 　　③ [일련]

( ) 8. 신혼여행 ① [신호녀행] ② [신혼녀행] ③ [신홀려행]

( ) 9. 잃어요 　① [일허요] 　② [이러요] 　③ [이허요]

( ) 10. 고구마 　① [ko-ku-ma] ② [go-gu-ma] ③ [ko-gu-ma]

三、請聆聽音檔，寫出其經音韻規則作用後之正確發音。 🎧 MP3-121

1. 빛이

[　　　　　]

2. 밭 아래

[　　　　　]

3. 같이

[　　　　　]

解答

一、1. ○ 2. ×

二、1.③ 2.③ 3.③ 4.① 5.② 6.① 7.③ 8.② 9.② 10.③

三、1. [비치] 2. [바다래] 3. [가치] 4. [나카산] 5. [궁녁] 6. [학꾜]
   7. [질리] 8. [솜니불] 9. [노아] 10. [pi-bi-da]

4. 닳았것

5. 국력

[ ]

6. 학교

[ ]

7. 진리

[ ]

8. 음이불

[ ]

9. 동아

[ ]

10. 비비다

[- -]

子母音結合表

母音 / 子音	ㅏ	ㅓ	ㅗ	ㅜ	ㅡ	ㅣ	ㅐ	ㅔ
ㄱ	가	거	고	구	그	기	개	게
ㄴ	나	너	노	누	느	니	내	네
ㄷ	다	더	도	두	드	디	대	데
ㄹ	라	러	로	루	르	리	래	레
ㅁ	마	머	모	무	므	미	매	메
ㅂ	바	버	보	부	브	비	배	베
ㅅ	사	서	소	수	스	시	새	세
ㅇ	아	어	오	우	으	이	애	에
ㅈ	자	저	조	주	즈	지	재	제
ㅊ	차	처	초	추	츠	치	채	체
ㅋ	카	커	코	쿠	크	키	캐	케
ㅌ	타	터	토	투	트	티	태	테
ㅍ	파	퍼	포	푸	프	피	패	페
ㅎ	하	허	호	후	흐	히	해	헤
ㄲ	까	꺼	꼬	꾸	끄	끼	깨	께
ㄸ	따	떠	또	뚜	뜨	띠	때	떼
ㅃ	빠	뻐	뽀	뿌	쁘	삐	빼	뻬
ㅆ	싸	써	쏘	쑤	쓰	씨	쌔	쎄
ㅉ	짜	쩌	쪼	쭈	쯔	찌	째	쩨

子音＼母音	ㅑ	ㅕ	ㅛ	ㅠ	ㅒ	ㅖ	ㅘ	ㅝ
ㄱ	갸	겨	교	규	걔	계	과	궈
ㄴ	냐	녀	뇨	뉴	내	녜	놔	눠
ㄷ	댜	뎌	됴	듀	대	데	돠	둬
ㄹ	랴	려	료	류	럐	례	롸	뤄
ㅁ	먀	며	묘	뮤	매	메	뫄	뭐
ㅂ	뱌	벼	뵤	뷰	배	볘	봐	붜
ㅅ	샤	셔	쇼	슈	섀	셰	솨	쉬
ㅇ	야	여	요	유	애	예	와	워
ㅈ	쟈	져	조	쥬	재	졔	좌	줘
ㅊ	챠	쳐	쵸	츄	채	쳬	촤	취
ㅋ	캬	켜	쿄	큐	캐	케	콰	쿼
ㅌ	탸	텨	툐	튜	태	톄	톼	퉈
ㅍ	퍄	펴	표	퓨	패	폐	퐈	풔
ㅎ	햐	혀	효	휴	해	혜	화	훠
ㄲ	꺄	껴	꾜	뀨	깨	꼐	꽈	꿔
ㄸ	땨	뗘	똬	뜌	때	뗴	똬	뚸
ㅃ	뺘	뼈	뾰	쀼	빼	뼤	뽜	뿨
ㅆ	쌰	쎠	쑈	쓔	쌔	쎼	쏴	쒀
ㅉ	쨔	쪄	쬬	쮸	째	쪠	쫘	쭤

母音 子音	ㅟ	ㅙ	ㅚ	ㅞ	ㅢ
ㄱ	귀	괘	괴	궤	긔
ㄴ	뉘	놰	뇌	눼	늬
ㄷ	뒤	돼	되	뒈	듸
ㄹ	뤼	뢔	뢰	뤠	릐
ㅁ	뮈	뫠	뫼	뭬	믜
ㅂ	뷔	봬	뵈	붸	븨
ㅅ	쉬	쇄	쇠	쉐	싀
ㅇ	위	왜	외	웨	의
ㅈ	쥐	좨	죄	줴	즤
ㅊ	취	쵀	최	췌	츼
ㅋ	퀴	쾌	쾨	퀘	킈
ㅌ	튀	퇘	퇴	퉤	틔
ㅍ	퓌	퐤	푀	풰	픠
ㅎ	휘	홰	회	훼	희
ㄲ	뀌	꽤	꾀	꿰	끠
ㄸ	뛰	뙈	뙤	뛔	띄
ㅃ	쀠	뺴	뾔	쀄	쁴
ㅆ	쒸	쐐	쐬	쒜	씌
ㅉ	쮜	쫴	쬐	쮀	쯰

國家圖書館出版品預行編目資料

深入韓國：韓國語發音 / 陳慶智、羅際任合著
-- 初版 -- 臺北市：瑞蘭國際, 2022.09
120面；19×26公分 --（外語學習系列；111）
ISBN：978-986-5560-71-3（平裝）
1. CST：韓語 2. CST：發音

803.24   111005697

外語學習系列111

深入韓國：韓國語發音

作者｜陳慶智、羅際任
責任編輯｜潘治婷、王愿琦
校對｜陳慶智、羅際任、潘治婷、王愿琦

韓語錄音｜金佳煐
錄音室｜純粹錄音後製有限公司
封面設計、版型設計、內文排版｜陳如琪

瑞蘭國際出版

董事長｜張暖彗・社長兼總編輯｜王愿琦
編輯部
副總編輯｜葉仲芸・主編｜潘治婷
設計部主任｜陳如琪
業務部
經理｜楊米琪・主任｜林湲洵・組長｜張毓庭

出版社｜瑞蘭國際有限公司・地址｜台北市大安區安和路一段104號7樓之一
電話｜(02)2700-4625・傳真｜(02)2700-4622・訂購專線｜(02)2700-4625
劃撥帳號｜19914152 瑞蘭國際有限公司
瑞蘭國際網路書城｜www.genki-japan.com.tw

法律顧問｜海灣國際法律事務所　呂錦峯律師

總經銷｜聯合發行股份有限公司・電話｜(02)2917-8022、2917-8042
傳真｜(02)2915-6275、2915-7212・印刷｜科億印刷股份有限公司
出版日期｜2022年09月初版1刷・定價｜380元・ISBN｜978-986-5560-71-3
　　　　2024年05月二版1刷

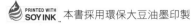